D1325260

YR YSGOL ANGHYNNES

Llyfrau'r gyfres:

Y Dechreuad Drwg

Ystafell yr Ymlusgiaid

Y Ffenestr Lydan

Y Felin Ddiflas

Yr Ysgol Anghynnes

Cyfres o Ddigwyddiadau Anffodus

LLYFR Y PUMED

YR YSGOL ANGHYNNES

gan Lemony Snicket

Lluniau gan Brett Helquist

Addasiad gan Aled Islwyn

DREF WEN

Cyhoeddwyd yn 2014 gan Wasg y Dref Wen,
28 Ffordd yr Eglwys, Yr Eglwys Newydd,
Caerdydd CF14 2EA, ffôn 029 20617860.
Cyhoeddwyd gyntaf yn America yn 2000
gan HarperCollins Children's Books Cyf,
dan y teitl *The Austere Academy*

Noddwyd gan Lywodraeth Cynulliad Cymru.

Argraffwyd a rhwymwyd ym Mhrydain.

I Beatrice –
Byddi di wastad yn fy nghalon,
yn fy mhen
ac yn dy fedd.

MEMENTO MORI

PENNOD
Un

Petaech chi'n rhoi medal aur i rywun am fod y person mwyaf annymunol ar y ddaear, byddech yn siŵr o'i rhoi i Carmelita Sbats. 'Tasech chi ddim yn ei rhoi iddi, roedd Carmelita Sbats y math o ferch a fyddai'n ei chipio o'ch llaw ta beth. Un anfoesgar a threisgar oedd Carmelita Sbats, ac roedd hi'n fochaidd hefyd. Mae'n ddiflas iawn gorfod ei disgrifio hi ichi o gwbl, gan fod digon o bethau cas eraill yn y stori hon heb orfod sôn am y fath berson ych a fi.

Yr amddifaid Baudelaire yw arwyr ein stori, diolch byth, a phetaech chi am roi medal aur i Violet, Klaus a Sunny, mi fyddech yn ei rhoi am iddyn nhw oroesi yn wyneb adfyd. Byd o drafferthion a thristwch diben-draw yw “adfyd”, ac os oes rhai yn byw mewn adfyd, y tri phlentyn hyn yw’r rheini.

Dechreuodd eu gofid un diwrnod tra oedden nhw’n ymlacio ar y traeth. Dyna pryd y cawson nhw’r newyddion drwg fod eu rhieni wedi cael eu lladd mewn tân enbyd a’u bod nhw i fynd i fyw at berthynas o bell o’r enw Iarll Olaf.

Petaech chi am roi medal aur i Iarll Olaf, byddai’n rhaid ichi ei chloi’n saff yn rhywle tan y seremoni wobrwyo, achos roedd e’n berson mor farus a drwg fel y byddai’n siŵr o geisio’i dwyn ymlaen llaw.

Doedd gan y Baudelairiaid yr un fedal aur, ond roedd ganddyn nhw ffortiwn anferth a adawyd iddyn nhw gan eu rhieni – ac roedd Iarll Olaf am gael ei fachau budr ar y ffortiwn honno. Llwyddodd y plant i oroesi’r cyfnod y buon nhw’n byw gydag ef, ond cael a chael fu hi. Byddwch yn gwybod, rwy’n siŵr, bod yr ymadrodd “cael a chael” yn golygu mai “dim ond trwch blewyn oedd ynddi”.

Byth ers hynny, roedd Iarll Olaf wedi eu dilyn i bobman, gyda rhai o’i ffrindiau sinistr a hyll wrth law i’w helpu, fel arfer. Doedd waeth pwy oedd yn gofalu am y Baudelairiaid, fyddai Iarll Olaf byth yn bell i ffwrdd. Prin y galla i sôn wrthych chi am bopeth roedd e wedi'i wneud i beryglu eu bywydau hyd yn hyn: herwgipio, llofruddio, gwneud galwadau ffôn annymunol, gwisgo cuddwisgoedd, hypnoteiddio a choginio bwyd sâl – i enwi dim ond rhai. Yn waeth na'r cyfan, roedd ganddo'r ddawn ryfedda o beidio â chael ei ddal. O ganlyniad, roedd 'na berygl drwy'r amser i Iarll Olaf ddod i'r golwg, sy'n ofid mawr iawn, mae'n rhaid dweud, ond dyna sut mae'r stori'n mynd.

Rwy'n dweud hyn nawr am eich bod ar fin cwrdd â'r ferch fochaidd, Carmelita Sbats, ac os na allwch chi ddiodde darllen gair yn rhagor amdani, gwell ichi roi'r llyfr hwn i lawr nawr, achos mynd o ddrwg i waeth wnaiff pethau. Cyn pen fawr o dro, bydd Violet, Klaus a Sunny Baudelaire yn wynebu diflastod gwaeth o lawer na chael eu gwthio o'r ffordd gan Carmelita Sbats.

"O'r ffordd, falwod dan draed!" meddai merch fochaidd, anfoesgar a threisgar, gan wthio'r Baudelairiaid i'r neilltu wrth ruthro heibio.

Cymaint oedd eu syndod fel na allai Violet, Klaus a Sunny ddweud gair. Sefyll ar lwybr oedden nhw ar y pryd – llwybr a edrychai'n hen iawn, gan fod mwswgl yn tyfu rhwng y darnau brics. O bobtu'r llwybr roedd lawnt a oedd mor frown fel ei bod hi'n edrych fel petai neb wedi'i dyfrhau erioed. Ar y lawnt, rhedai cannoedd o blant i bob cyfeiriad. Weithiau, syrthiai ambell un, cyn codi drachefn a pharhau i redeg. Edrychai'r cyfan yn flinedig ac yn ddibwrpas – dau beth i'w hosgoi bob amser, os oes modd. Ond prin yr edrychodd y tri phlentyn ar y plant eraill, gan gadw llygad ar y darnau brics coch mwsoglyd dan draed.

Peth rhyfedd iawn yw swildod. Fel cors, gall pobl gamu ar ei draws yn gwbl annisgwyl – ac fel cors hefyd, mae'n gwneud i bawb sydd ynddo edrych tua'r llawr. Hwn oedd diwrnod cynta'r Baudelairiaid yn Ysgol Breswyl Prwffrog a sylweddolodd y tri ohonynt mai'r unig gyfeiriad roedd eu llygaid am edrych iddo oedd tua'r mwswgl ymwthiol dan draed.

"Golloch chi rywbeth ar y llawr?" gofynnodd Mr

Poe, gan beswch i'w hances. Un man doedd y plant yn sicr ddim am edrych oedd i gyfeiriad Mr Poe, a oedd yn cerdded wrth eu cwt. Bancwr a gafodd ei roi yng ngofal holl fuddiannau'r Baudelairiaid yn dilyn y tân dychrynllyd oedd Mr Poe – a doedd e ddim wedi profi i fod yn ddewis doeth iawn. Roedd Mr Poe yn bwriadu'n dda, ond fe allech ddweud yr un peth am sôs coch a fyddai mwy na thebyg wedi gwneud gwell jòb o edrych ar ôl y plant na Mr Poe.

Roedd Violet, Klaus a Sunny wedi hen ddysgu mai'r unig beth y gallen nhw ddibynnu arno gan Mr Poe oedd ei beswch parhaus.

"Na," atebodd Violet, "does dim ar goll." Hi oedd yr hynaf o'r plant ac, fel arfer, doedd hi ddim yn swil o gwbl. Hoffai ddyfeisio pethau, a byddai'n aml yn meddwl yn galed dros ei dyfais nesaf, gyda'i gwallt wedi'i glymu â rhuban i'w gadw o'i llygaid. Pan fyddai wedi creu rhywbeth newydd, byddai'n hoffi ei ddangos i bobl oedd yn gyfarwydd â hi ac, fel arfer, roedden nhw'n cymeradwyo pob dyfais.

Peiriant i atal y mwswgl rhag tyfu rhwng darnau brics y llwybr roedd hi'n ceisio'i ddyfeisio ar hyn o bryd, ond roedd hi'n rhy swil i sôn am hynny. Beth petai'r athrawon a'r plant eraill i gyd yn malio'r un iot am ei dyfais?

Fel petai'n gallu darllen meddwl ei chwaer, rhoddodd Klaus ei law ar ysgwydd Violet a gwenodd hithau. Deuddeg oed oedd Klaus ac roedd e'n gwybod erioed bod cael llaw ar ei hysgwydd yn gysur i Violet – cyn belled â bod y llaw wedi'i chysylltu wrth fraich, wrth gwrs. Fel arfer, byddai Klaus wedi dweud rhywbeth cysurlon hefyd, ond heddiw, roedd mor swil â'i chwaer. Darllen oedd diléit mwyaf Klaus, a dyna fyddai'n mynd â'r rhan fwyaf o'i amser. Ambell fore, fe allech ddod o hyd iddo yn ei wely gyda'i sbectol yn dal ar ei drwyn, am iddo ddarllen mor hwyr y noson cynt ac anghofio'i thynnu. Ymysg y llyfrau y gallai gofio eu darllen roedd un o'r enw *Dirgelion Mwswgl*, ond roedd yn rhy swil i sôn gair amdano. Beth petai 'na'r un llyfr difyr i'w ddarllen yn Ysgol Breswyl Prwffrog?

Wrth edrych i fyny ar ei brawd a'i chwaer, gwenodd Sunny, yr ieuengaf o'r plant, a chododd Violet hi i'w chôl. Gan taw dim ond babi oedd hi, a fawr fwy na maint torth, doedd hynny ddim yn anodd. Roedd Sunny hefyd yn rhy swil i yngan gair. Gan ei bod hi'n rhy ifanc i allu siarad mewn geiriau go iawn eto, doedd hi ddim bob amser yn hawdd deall beth roedd hi'n ceisio'i ddweud. Er enghraifft, petai hi heb deimlo mor swil, mae'n eitha posibl y byddai hi wedi agor ei cheg led y pen i ddangos ei phedwar dant miniog a dweud, "Marimo!", a fyddai efallai wedi golygu "Gobeithio i'r nefoedd bod 'na ddigon o bethau imi eu cnoi yn yr ysgol 'ma, achos dyna un o fy hoff bethau i!"

"Mi wn i pam eich bod chi i gyd mor dawel!" meddai Mr Poe. "Cyffrous 'dach chi a wela i ddim bai arnoch chi, wir. Pan ro'n i'n ifanc, ro'n i wastad am fynd i ysgol breswyl, ond ches i mo'r cyfle. Rwy'n genfigennus ohonoch chi, a dweud y gwir."

Edrychodd y Baudelairiaid ar ei gilydd. Y ffaith mai ysgol breswyl oedd Ysgol Breswyl Prwffrog oedd yn eu gofidio fwyaf. Fel y gwyddoch chi, rwy'n siŵr, ystyr "ysgol breswyl" yw ysgol lle mae'r plant yno'n aros dros nos – mewn geiriau eraill, maen nhw'n byw yno, yn wahanol i'r "ysgolion dyddiol" y bydd y rhan fwyaf o blant yn mynd iddyn nhw. Beth petai yno neb â diddordeb mewn dyfeisiadau, na dim yno i'w ddarllen na'i gnoi? Mi fyddai wedi canu ar y tri wedyn. Yno y bydden nhw'n ddiflas iawn, drwy'r dydd … a thrwy'r nos.

Os oedd e'n wir fod Mr Poe'n genfigennus ohonyn nhw go iawn, byddai wedi bod yn well 'da'r plant petai e newydd gyrraedd Ysgol Breswyl Prwffrog, gan adael iddyn *nhw* fynd i weithio yn y banc.

"Chi'n lwcus iawn i fod yma," aeth Mr Poe yn ei flaen. "Bu'n rhaid imi ffonio pedair ysgol cyn dod o hyd i un oedd yn fodlon cymryd y tri ohonoch chi ar fyr rybudd fel hyn. Mae Ysgol Prwffrog yn sefydliad addysgol o'r radd flaenaf. Mae gan yr athrawon i gyd raddau uwch. Mae'r ystafelloedd cysgu i gyd wedi'u dodrefnu'n gain ac yn well na'r cyfan, mae 'ma system gyfrifiadurol flaengar, fydd yn helpu i gadw Iarll Olaf bant. Fe ddywedodd Is-brifathro Nero wrtha i fod disgrifiad llawn o Iarll Olaf – popeth o'i un ael hir i'r tatŵ o lygad ar ei bigwrn – wedi'i fwydo i'r cyfrifiadur. Felly, fe ddylai'r tri ohonoch chi fod yn ddiogel yma am sawl blwyddyn."

"Ond sut all cyfrifiadur ein harbed ni rhag Iarll Olaf?" holodd Violet mewn llais dryslyd.

"Cyfrifiadur *blaengar* yw e," meddai Mr Poe, fel petai'r gair yn egluro sut roedd e'n rhagori ar gyfrifiaduron eraill. "Does dim angen ichi boeni eich pennau bach yn meddwl am Iarll Olaf. Mae'r Is-brifathro Nero wedi addo cadw llygad barcud arnoch chi. Wedi'r cyfan, does dim rhwydd hynt i rywun-rywun gerdded o gwmpas ysgol mor *flaengar* ag Ysgol Prwffrog."

"O'r ffordd, falwod dan draed!" meddai'r ferch fochaidd, dreisgar ac anghwrtais wrth wibio heibio eto.

"Beth sydd o'i le ar falwod dan draed?" sibrydodd Violet wrth Klaus, a oedd fel arfer yn dda iawn am wybod ystyr ymadroddion diddorol.

"Dim syniad," cyfaddefodd Klaus, "ond fe alli di fentro nad yw e'n rhywbeth dymunol iawn."

"Ymadrodd swynol iawn," dywedodd Mr Poe. "*Malwod dan draed*. Mae'n fy atgoffa i o'r ardd. Wel, dyna ni!"

Roedden nhw wedi cyrraedd pen pella'r llwybr ac yn sefyll o flaen yr ysgol. Wrth syllu ar eu cartref newydd, ochneidiodd y tri. Petaen nhw heb gerdded gan edrych tua'r llawr, fe fydden nhw wedi gweld y lle ynghynt, ond efallai eu bod nhw wedi bod yn gall i osgoi'r fath olygfa tan y funud olaf. "Pensaer" yw'r gair arferol am berson sy'n cynllunio adeiladau, ond byddai "pensaer wedi llyncu mul" wedi bod yn well ymadrodd i ddisgrifio pwy bynnag a gynlluniodd Ysgol Breswyl Prwffrog. Cyfuniad o sawl adeilad oedd hi, mewn gwirionedd, pob un wedi'i godi o garreg lwyd, lefn ac wedi'u cysylltu â'i gilydd yn un rhes ddi-lun.

I gyrraedd yr adeilad, cerddodd y Baudelairiaid o dan fwa maen anferth a oedd yn taflu'i gysgod crwm dros y lawnt, fel enfys gyda'r lliwiau i gyd wedi'u sugno ohoni. Ar y bwa, ceid y geiriau "YSGOL BRESWYL PRWFFROG" mewn llythrennau mawr du, ac yna, mewn llythrennau llai, yr arwyddair, "Memento Mori". Ond nid y bwa a dynnodd sylw'r plant fwyaf, ond siâp y gwahanol adeiladau – blychau hirsgwar gyda toeau crwn. Siâp od iawn ar adeilad yw hirsgwar gyda tho crwn, a'r unig bethau a ddaeth i feddwl y Baudelairiaid oedd cerrig beddau.

"Pensaernïaeth chwithig braidd," meddai Mr Poe. "Mae'r adeiladau 'ma'n edrych fel bodiau i mi. Nawr 'te, rhaid ichi fynd i swyddfa'r Is-brifathro Nero ar eich union. Mae hi ar nawfed llawr y prif adeilad."

"'Dych chi ddim yn dod gyda ni, Mr Poe?" gofynnodd Violet. Roedd hi'n bedair ar ddeg mlwydd oed a gwyddai ei bod yn ddigon hen i gerdded at swyddfa rhywun ar ei phen ei hun. Serch hynny, roedd hi'n nerfus braidd, a byddai wedi gwerthfawrogi cael oedolyn i fynd i mewn gyda hi i adeilad a edrychai mor sinistr.

Pesychodd Mr Poe ac edrych ar ei oriawr ar yr un pryd. "Na, yn anffodus," atebodd. "Mae gwaith yn galw yn y banc. Ond rwy wedi trafod popeth eisoes gyda'r Is-brifathro Nero. Os cewch chi unrhyw broblem, cofiwch y gallwch chi wastad gysylltu â mi. Nawr, bant â chi! Mwynhewch eich hunain ym Mhrwffrog."

"Rwy'n siŵr y gwnawn ni," meddai Violet, gan

swnio'n ddewrach o lawer nag yr oedd hi'n teimlo go iawn. "Diolch am bopeth, Mr Poe."

"Ie, diolch yn fawr," meddai Klaus gan ysgwyd llaw y bancwr.

"Terffwnt," meddai Sunny, sef ei ffordd hithau o ddweud "Diolch a ta-ta".

"Can croeso," meddai Mr Poe yn ôl wrth y tri, ac edrychodd Violet a Sunny arno'n cerdded yn ôl dros y llwybr mwsoglyd, gan wneud ei orau i osgoi'r plant. Ond doedd Klaus ddim yn edrych arno. Y bwa mawr oedd yn dal ei sylw o hyd.

"Dw i ddim yn gwbod beth yw ystyr 'malwod dan draed', mae'n wir," dywedodd, "ond rwy'n meddwl 'mod i'n gallu cyfieithu arwyddair ein hysgol newydd."

"Pa iaith yw honna 'te?" holodd Violet a oedd hefyd wedi troi i edrych ar y bwa.

"Poetsh?" gofynnodd Sunny.

"Lladin," eglurodd Klaus. "Am ryw reswm, Lladin yw iaith llawer o arwyddeiriau. Dw i ddim yn gyfarwydd iawn â Lladin, ond rwy'n cofio gweld yr ymadrodd hwn mewn llyfr am y Canol Oesoedd. Os ydw i'n deall yr ystyr yn iawn, mae'n arwyddair rhyfedd ar y naw."

"Beth yw e 'te?" gofynnodd Violet.

"Os nad wy'n camgymryd," meddai Klaus, nad oedd yn camgymryd pethau'n aml, "mae 'Momento Mori' yn golygu 'Cofiwch y byddwch farw'."

"Cofiwch y byddwch farw," ailadroddodd Violet yn dawel a symudodd y tri'n nes at ei gilydd fel petaen nhw'n teimlo'n oer.

Mae pawb yn mynd i farw, wrth gwrs, yn hwyr neu'n hwyrach. Bydd pob clown yn marw rhyw ddydd, a phob arbenigwr ar y clarinét – a chi a fi. Efallai fod rhywun sy'n byw yn y stryd nesaf atoch ar fin marw y munud 'ma am iddyn nhw beidio â chymryd gofal wrth groesi'r ffordd a methu gweld y bws yn dod amdanyn nhw. Ac er ein bod ni i gyd yn mynd i farw, 'dyn ni ddim fel arfer am gael ein hatgoffa o hynny. Doedd y Baudelairiaid yn bendant ddim am gael eu hatgoffa, yn enwedig wrth gerdded o dan fwa Ysgol Prwffrog.

Y gwir oedd, doedd dim angen i neb eu hatgoffa nhw o'r ffaith hon, yn enwedig ar ddiwrnod fel heddiw – diwrnod cyntaf eu cyfnod mewn ysgol a oedd eisoes yn edrych yn debyg i fynwent fawr lwyd.

PENNOD
Dau

Wrth i'r amddifaid Baudelaire sefyll y tu allan i ddrws yr Is-brifathro Nero, fe gawson nhw eu hatgoffa o eiriau ddywedodd eu tad wrthyn nhw rai misoedd cyn ei farw. Un noson, roedd y rhieni Baudelaire wedi mynd allan i wrando ar gerddorfa, gan adael y plant ar eu pennau eu hunain ym mhlasty'r teulu. Ar nosweithiau tebyg, byddai gan y tri drefn gyfarwydd roedden nhw'n hoffi ei dilyn. I ddechrau, byddai Violet a Klaus yn chwarae gêm neu ddwy o ddrafftiau, tra torrai Sunny hen bapur newydd yn ddarnau mân. Yna, byddai'r tri'n encilio i'r llyfrgell i ddarllen, nes syrthio i gysgu ar y soffa glyd.

Pan ddychwelai'r rhieni, bydden nhw fel arfer yn deffro'r plant, yn sôn ychydig am y cyngerdd ac yna'n hel y tri i'w gwelyau. Ond y noson arbennig honno, fe ddaethon nhw adre'n gynnar. Roedd y plant yn dal ar ddihun yn darllen – ar wahân i Sunny, a oedd yn edrych ar luniau. Safodd eu tad yn nrws y llyfrgell a dweud, "Blant, does dim gwaeth sŵn yn y byd na'r sŵn sy'n cael ei greu gan rywun na all chwarae'r ffidl, ond sy'n mynnu gwneud hynny p'run bynnag."

Giglo'n ddifeddwl wnaeth y plant ar y pryd, ond wrth sefyll yno o flaen drws yr Is-brifathro, sylweddolodd y tri mor ddoeth oedd eu tad.

Pan gyrhaeddon nhw gyffiniau'r swyddfa i ddechrau, roedden nhw wedi tybio bod yno anifail bychan yn cael pwl o sterics. Ond unwaith y cyrhaeddon nhw'r drws ei hun, fe sylweddolon nhw mai rhywun na allai chwarae'r ffidl oedd yno, ond ei fod yn mynnu gwneud hynny p'run bynnag.

Gwichiau'r sain yn arswydus. Hisiodd. Crafodd. Griddfanodd. Gwnâi bob math o synnau arall nad oes geiriau ar gael i'w disgrifio – ddim hyd yn oed mewn Lladin. O'r diwedd, allai Violet ddim diodde' mwy a churodd ar y drws. Bu'n rhaid iddi guro'n galed ac am amser hir cyn rhoi taw ar y 'datganiad' aflafar. Ond o'r diwedd agorodd y drws â gwich a safai dyn tal yno, gyda'i offeryn o dan ei ên a golwg gas yn ei lygaid.

"Pwy feiddiodd dorri ar draws athrylith ar ganol ymarfer?" gofynnodd y dyn mewn llais mor uchel a threiddgar, roedd yn ddigon i'w troi nhw'n swil drachefn.

"Y Baudelairiaid," atebodd Klaus yn dawel, gan edrych tua'r llawr. "Fe ddywedodd Mr Poe wrthon ni am ddod yn syth i swyddfa'r Is-brifathro Nero."

"*Fe ddywedodd Mr Poe wrthon ni am ddod yn syth i swyddfa, Is-brifathro Nero*," gwatwarodd y dyn mewn llais gwichlyd. "Wel, dewch i mewn. 'Sgen i ddim amser i'w wastraffu!"

Camodd y plant i'r swyddfa gan edrych yn fwy manwl ar y dyn hwn a oedd newydd wneud hwyl am eu pennau. Gwisgai siwt frown anniben gyda staen gludiog ar ei siaced, a thei ag arni luniau o falwod. Trwyn anghyffredin o goch ac anghyffredin o fach oedd ganddo, fel petai rhywun wedi stwffio tomato bychan yng nghanol ei wyneb. Roedd yn foel, fwy neu lai, ar wahân i bedwar cudyn hir o wallt a dyfai bob ochr i'w ben, gyda'r rheini wedi'u clymu â band rwber. Doedd y Baudelairiaid erioed wedi gweld neb tebyg iddo o'r blaen, a doedd ganddyn nhw fawr o ddiddordeb mewn edrych arno am eiliad yn rhagor, ond gan fod y swyddfa mor fach a chyfyng, doedd fawr ddim byd arall iddyn nhw edrych arno. Roedd yno un ddesg fetel gyda chadair fetel y tu ôl iddi a lamp fetel arni. Un ffenestr oedd i'r ystafell, gyda llenni o bobtu iddi wedi'u haddurno â'r un patrwm â thei y dyn. Ar wahân i hynny, yr unig beth arall yno oedd cyfrifiadur a eisteddai ar ei ben ei hun yn y cornel, fel broga. Er bod y sgrin yn wag a llwyd yr olwg, roedd sawl botwm yn addurno'r peiriant – rhai coch fel trwyn y dyn.

"Foneddigion a boneddigesau," cyhoeddodd

mewn llais uchel, "Yr Is-brifathro Nero!"

Bu oedi am eiliad, tra edrychodd y plant o gwmpas yr ystafell i weld ymhle roedd Nero'n cuddio. Yna, pan edrychon nhw eto ar y dyn, dyna lle roedd ei freichiau yn yr awyr, y ffidl yn y naill law a'r bwa yn y llall a'r ddau bron â chyffwrdd â'r nenfwd. Dyna pryd y sylweddolon nhw mai'r dyn roedd e newydd ei gyflwyno mor swanc oedd ef ei hun.

"Y traddodiad," meddai wedyn yn gras, "yw curo dwylo pan fydd athrylith yn cael ei gyflwyno."

Dyw'r ffaith fod rhywbeth yn "draddodiad" ddim o reidrwydd yn rheswm dros barhau i'w wneud. Er enghraifft, mae 'na draddodiad o fôr-ladron mewn sawl rhan o'r byd, ond dyw hynny ddim yn golygu y dylai neb ymosod ar longau a dwyn eu trysorau. Ond roedd golwg mor gas ar wyneb yr Is-brifathro Nero, fe benderfynon nhw mai gwell oedd cadw'r traddodiad hwn yn fyw am y tro a churo'u dwylo. Aeth y gymeradwyaeth ymlaen am beth amser, tan i Nero ymgrymu sawl gwaith ac eistedd o'r diwedd yn ei gadair.

"Diolch yn fawr iawn, a chroeso i Ysgol Breswyl

Prwffrog, bla, bla, bla," meddai, gan ddefnyddio'r gair "bla" i olygu ei fod yn rhy ddiog i orffen ei frawddeg yn ddeche. "Rwy wedi gwneud cymwynas fawr â Mr Poe trwy gymryd tri phlentyn amddifad ar fyr rybudd fel hyn. Mae wedi addo imi na fyddwch chi'n creu unrhyw helynt, ond fe wnes i beth ymchwil fy hun. Fe gawsoch chi un gwarchodwr ar ôl y llall yn barod – a does dim byd ond anffawd wedi dilyn anffawd. Yn eich achos chi, mae'r gair 'anffawd', gyda llaw, yn golygu 'trwbl'."

"Yn ein hachos ni," meddai Klaus, gan dynnu ei sylw at y ffaith eu bod nhw'n gyfarwydd iawn ag ystyr y gair "anffawd", "mae 'anffawd' yn golygu *Iarll Olaf*. Y fe oedd achos pob trwbl."

"*Y fe oedd achos pob trwbl*," meddai Nero wedyn, gan ddynwared Klaus mewn ffordd atgas. "'Sgen i ddim diddordeb yn eich problemau chi. Rwy'n athrylith, a 'sgen i ddim amser i ddim byd ond ymarfer fy ffidl. Mae'n ddigon drwg nad oes yr un gerddorfa yn y byd yn gwerthfawrogi fy nhalent aruthrol a 'mod i'n gorfod cymryd y swydd 'ma fel Is-brifathro, heb orfod gwrando ar rwgnach tri phlentyn gwallgo hefyd. Ta beth, yn yr ysgol hon, chewch chi ddim rhoi'r bai am bopeth ar yr Olaf 'ma. Edrychwch ar hwn."

Cerddodd yr Is-brifathro Nero draw at y cyfrifiadur a gwasgu dau fotwm sawl gwaith, tan i'r sgrin oleuo'n rhyw liw gwyrdd afiach, fel petai'n diodde o salwch môr. "Mae hwn yn gyfrifiadur blaengar," dywedodd. "Fe ges i'r holl fanylion perthnasol am y dyn Iarll Olaf 'ma gan Mr Poe ac maen nhw i gyd wedi'u bwydo i mewn iddo. Chi'n gweld?" Wrth i Nero wasgu botwm arall, daeth llun o Iarll Olaf ar y sgrin. "Nawr fod y cyfrifiadur blaengar yn gwybod amdano, fydd dim rhaid ichi ofidio."

"Ond sut all cyfrifiadur ein hachub ni rhag Iarll Olaf?" gofynnodd Klaus. "Fe all ddod i'r golwg unrhyw bryd ac achosi trwbl, cyfrifiadur neu beidio."

"Ofer i rywun athrylithgar fel fi oedd ceisio egluro i rywun di-ddysg fel chi," oedd ateb yr Is-brifathro. "Ond dyna pam ry'ch chi wedi dod i Brwffrog. Fe gewch chi addysg yn yr ysgol hon, hyd yn oed os yw'n golygu torri eich dwy fraich i wneud hynny. A sôn am yr ysgol, dewch draw fan hyn, imi ddangos y lle ichi."

Aeth y Baudelairiaid draw ato, wrth y ffenestr, gan edrych i lawr ar y lawnt frown. O'r nawfed llawr, edrychai'r holl blant a oedd yn rhedeg o gwmpas fel morgrug bychain a'r llwybr fel rhuban a daflwyd ar lawr gan rywun. Y tu cefn iddyn nhw safai Nero, yn pwyntio'i ffidl i wahanol gyfeiriadau wrth siarad.

"Nawr, yr adeilad gweinyddol yw hwn r'yn ni ynddo nawr. Chaiff myfyrwyr ddim dod ar gyfyl y lle. Heddiw yw eich diwrnod cyntaf yma, ac rwy'n fodlon maddau. Ond os cewch chi'ch dal yma eto, chewch chi ddim defnyddio cyllyll na ffyrc i fwyta'ch bwyd. Yn yr adeilad llwyd draw acw mae'r ystafelloedd dosbarth. Violet, fe fyddi di'n cael dy wersi yn Ystafell Un gyda Mr Remora. Klaus, fe fyddi di gyda Mrs Bass yn Ystafell Dau. Allwch chi gofio hynny, Ystafell Un ac Ystafell Dau? Os na fedrwch chi, fe alla i ddefnyddio ysgrifbin arbennig i ysgrifennu 'Ystafell Un' ac 'Ystafell Dau' ar eich dwylo mewn inc parhaol."

"Fe allwn ni gofio," meddai Violet ar frys. "Ond ym mha stafell fydd Sunny?"

Tynnodd yr Is-brifathro Nero anadl ddofn a sythu i'w lawn faint, sef pum troedfedd a deg modfedd. "Nid ysgol feithrin yw Ysgol Breswyl Prwffrog," meddai. "Fe ddywedes i wrth Mr Poe fod lle yma i'r babi, ond does dim dosbarth iddi. Fe fydd Sunny'n cael ei chyflogi fel ysgrifenyddes i mi."

"Absachoch?" holodd Sunny mewn anghrediniaeth. Gair yn golygu "Alla i ddim credu shwt beth!" yw "anghrediniaeth" yn yr achos hwn, ac ystyr "Absachoch!" yw "Beth? Choelia i byth mo shwt beth!"

"Ond *babi* yw Sunny," meddai Klaus. "Dyw babis ddim i fod i gael swyddi."

"*Dyw babis ddim i fod i gael swyddi*," gwawdiodd Nero drachefn, cyn mynd yn ei flaen i ddweud, "Wel! Dyw babis ddim i fod mewn ysgolion preswyl chwaith. Fedr neb ddysgu dim i fabi, felly fe fydd hi'n gweithio i mi. Y cyfan fydd raid iddi ei wneud yw ateb y ffôn a gwneud y gwaith papur. Fydd e ddim yn waith caled ac, wrth gwrs, fe fydd yn anrhydedd iddi weithio i athrylith. Nawr, os bydd un ohonoch chi'n hwyr i'ch dosbarthiadau, neu os bydd Sunny'n hwyr i'w gwaith, bydd eich dwylo'n cael eu clymu y tu ôl i'ch cefn bob pryd bwyd. Bydd raid i chi blygu i lawr a bwyta'ch bwyd fel ci. Yn naturiol, chaiff Sunny byth ddefnyddio cyllell na fforc, achos fe fydd hi yn yr adeilad gweinyddol drwy'r amser, lle dyw hi ddim i fod."

"Dyw hynny ddim yn deg!" dywedodd Violet.

"*Dyw hynny ddim yn deg!*" gwichiodd yr is-brifathro'n ôl ati. "Draw yn yr adeilad cerrig acw mae'r ffreutur. Dyna'r enw ar yr ystafell fwyta lle mae prydau'n cael eu gweini'n brydlon bob amser brecwast, amser cinio ac amser swper. Os byddwch chi'n hwyr, chewch chi ddim llestri a bydd pob diod yn cael ei gweini ar ffurf pwll ar y llawr. Yr adeilad sgwâr gyda'r to crwn welwch chi yw'r awditoriwm – neuadd gyngerdd fawr ..."

"Dyna lle rwy'n rhoi datganiad chwe awr ar y ffidl bob nos," aeth Nero yn ei flaen, "ac mae presenoldeb pawb yn orfodol. Wrth ddweud bod presenoldeb pawb yn orfodol, rwy'n golygu y bydd raid ichi brynu bag mawr o losin imi a 'ngwylio i'n bwyta'r cyfan o flaen eich llygaid os na fyddwch chi yno. Mae'r lawnt ar gyfer chwaraeon. Fe syrthiodd Miss Ffos, ein hathrawes chwaraeon, o ffenestr ar y trydydd llawr ychydig ddyddiau'n ôl, ond bydd rhywun yn cymryd ei lle'n fuan. Yn y cyfamser, rwy wedi gorchymyn y plant i redeg o gwmpas cymaint ag y gallan nhw yn y gwersi chwaraeon. Wel, dyna ni, rwy'n meddwl! Unrhyw gwestiwn?"

"Alle unrhyw beth fod yn waeth na hyn?" oedd y cwestiwn a ddaeth i feddwl Sunny, ond roedd hi'n rhy gwrtais i ddweud dim. "Ife tynnu coes 'ych chi gyda'r holl reolau a chosbau creulon 'ma?" oedd yr hyn a ddaeth i feddwl Klaus, ond gwyddai'n barod beth fyddai'r ateb. Yr unig un i feddwl am gwestiwn y gallai hi ei ofyn ar y pryd oedd Violet.

"Ble fyddwn ni'n byw?" gofynnodd.

Roedd ymateb Nero mor hawdd i'w rag-weld, bron nad oedd y Baudelairiaid yn adrodd y geiriau'n ôl iddo ar yr un pryd: "*Ble fyddwn ni'n byw*?" Ond ar ôl gorffen eu gwatwar, penderfynodd ateb. "Mae 'da ni adeilad preswyl rhagorol yma ym Mhrwffrog," meddai. "Fedrwch chi mo'i fethu. Adeilad llwyd, wedi'i godi'n gyfan gwbl o gerrig. Mae'n edrych yn debyg i fodyn troed anferth, gydag ystafell fyw fawr, ystafell ar gyfer gêmau a llyfrgell enfawr. Caiff pob myfyriwr ei ystafell wely ei hun ac mae powlen o ffrwythau ffres yn cael ei rhoi yno bob dydd Mercher. Swnio'n braf, on'd yw e?"

"Ydy, mae e," cytunodd Klaus.

"Clmmmmmm!" meddai Sunny, oedd mwy na thebyg yn golygu "Rwy'n hoffi ffrwythau."

"Rwy'n falch o glywed hynny," meddai Nero. "Ond go brin y gwelwch chi lawer ar y lle. I gael byw yno, rhaid ichi gael rhiant neu warchodwr i arwyddo eu caniatâd. Yn ôl Mr Poe, mae eich rhieni chi wedi marw, a chafodd pob gwarchodwr hefyd eu lladd neu eu diswyddo."

"Ond siawns na all Mr Poe arwyddo i roi caniatâd ar ein rhan?" meddai Violet.

"Siawns *na* fedr e, yn wir," atebodd Nero. "Dyw e ddim yn rhiant nac yn warchodwr. Bancwr sy'n gyfrifol am eich arian yw e."

"Sy'n golygu mwy neu lai yr un peth," protestiodd

Klaus.

"Sy'n golygu mwy neu lai yr un peth," gwatwarodd Nero. "Ar ôl tymor neu ddau ym Mhrwffrog, fe ddowch chi i ddeall y gwahaniaeth rhwng rhiant a bancwr, efallai. Na, mae'n flin gen i, bydd raid ichi fyw mewn cwt bychan, wedi'i wneud yn gyfan gwbl o dun. Does dim ystafell fyw yno, na llyfrgell, na lle i chwarae gêmau. Mae yno fwndel o wair yr un ar eich cyfer, ond dim ffrwythau. Hen hofel ddiflas iawn yw'r lle, ond yn ôl Mr Poe fe gawsoch chi sawl profiad annifyr o'r blaen, felly mi fyddwch chi'n hen gyfarwydd â byw mewn lle o'r fath."

"Fedrech chi ddim gwneud un eithriad bach ynglŷn â'r caniatâd?" gofynnodd Violet.

"*Ffidlwr o fri ydw i,*" gwaeddodd Nero. "Does gen i ddim amser i wneud eithriadau! Rwy'n rhy brysur yn ymarfer ar y ffidl. Nawr, petaech chi mor garedig â gadael fy swyddfa, fe af i'n ôl at waith."

Agorodd ceg Klaus fel petai ar fin dweud rhywbeth, ond gwyddai nad oedd fiw iddo ddweud gair yn rhagor wrth ddyn mor styfnig, a dilynodd ei chwiorydd yn benisel allan trwy ddrws swyddfa'r is-brifathro. Fodd bynnag, yr eiliad y caeodd y drws y tu cefn iddyn nhw, fe ynganodd yr Is-brifathro Nero air – ac fe'i dywedodd deirgwaith. Doedd e ddim wedi sylweddoli bod y plant yn gallu ei glywed. Ond clywed wnaethon nhw. A phan glywon nhw, fe sylweddolon nhw'n syth nad oedd Nero'n flin o gwbl na fedrai wneud eithriad. Yr hyn a ddywedodd e oedd, "Hi, hi, hi!"

Nawr, nid dyna'r union dair sill a ynganodd Is-bennaeth Ysgol Breswyl Prwffrog. Pan fyddwch chi'n ddarllen "Hi, hi, hi" mewn llyfr, neu "Ha, ha, ha", neu hyd yn oed "Ho, ho, ho", yr hyn mae'r awdur yn ei wneud yw gadael ichi wybod bod rhywun yn chwerthin. Yn yr achos hwn, all "Hi, hi, hi" ddim mynegi'n iawn y sŵn a ddaeth o enau'r Is-brifathro Nero. Roedd ei chwerthin yn swnio'n wichlyd a gyddfol, yn arw a chras, ond yn fwy na dim yn *greulon*.

Peth creulon i'w wneud bob amser, wrth gwrs, yw chwerthin am ben pobl, ond weithiau mae'n anodd peidio – os ydyn nhw'n gwisgo het wirion, er enghraifft. Ond doedd y Baudelairiaid ddim yn gwisgo hetiau gwirion. Amddifaid ifanc oedd yn derbyn newyddion drwg oedden nhw ac fe ddylai'r is-brifathro fod wedi rheoli ei hun, gan wneud yn siŵr nad oedden nhw o fewn clyw. Ond doedd Nero ddim yn malio'r un iot am reoli ei hun, ac wrth i'r tri phlentyn wrando arno'n chwerthin am eu pennau, fe sylweddolon nhw nad oedd yr hyn a ddywedodd eu tad wrthyn nhw'r noson honno ar ôl cyrraedd adre o'r gyngerdd yn gywir, wedi'r cwbl. *Roedd* yna sŵn gwaeth na rhywun nad yw'n gallu chwarae'r ffidl yn gwneud hynny p'run bynnag. Gwaeth o lawer na hynny oedd gorfod gwrando ar is-brifathro ysgol yn chwerthin yn wichlyd, yn yddfol, yn arw, yn gras ac yn greulon am ben plant a oedd yn mynd i orfod byw mewn cwt. Felly, wrth imi guddio yma yn fy mwthyn yn y mynyddoedd yn ysgrifennu "Hi, hi, hi", ac wrth i chithau, yn lle bynnag y boch y munud hwn, ddarllen "Hi, hi, hi", fe ddylech wybod bod "Hi, hi hi" yma yn cynrychioli'r sŵn gwaethaf a glywodd y Baudelairiaid erioed.

PENNOD
Trí

Pan fydd person yn creu stori fawr, ddramatig ar sail digwyddiad digon dibwys, bydd rhywun yn siŵr o ddweud wrtho fe neu hi ei bod yn "Gwneud môr a mynydd" o'r sefyllfa. Er enghraifft, petaech chi'n cael anaf bychan ar eich bys ac yna'n nadu'n uchel a chodi'r twrw rhyfedda, gan ddisgwyl i holl feddygon y sir ddod i'ch maldodi, mi fyddai gan bawb hawl i ddweud wrthych eich bod yn "gwneud môr a mynydd" o anaf a oedd, mewn gwirionedd, yn ddigon pitw.

Ond pan gyrhaeddodd y Baudelairiaid y cwt lle

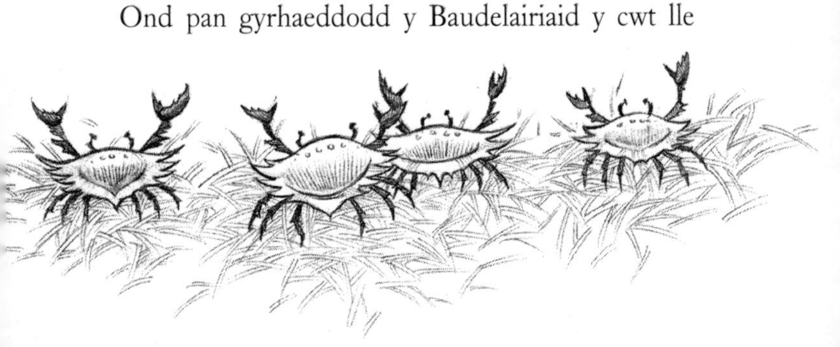

roedden nhw'n mynd i fyw, fe sylweddolodd y tri nad gwneud môr a mynydd o gyflwr y lle oedd yr Is-brifathro Nero. Os rhywbeth, doedd e ddim wedi gwneud digon o "fôr" na digon o "fynydd" o'r sefyllfa. Wedi'r cwbl, mae moroedd a mynyddoedd yn bethau mawr, llawn perygl ac yn anodd i'w croesi. Ac er nad oedd y cwt yn fawr, roedd yno bob math o beryglon ac anawsterau.

Roedd yr Is-brifathro yn llygad ei le pan soniodd am ba mor fach oedd y lle. Ac roedd wedi dweud y gwir pan ddywedodd mai o dun y cafodd y lle ei godi. Doedd yno ddim ystafelloedd byw, gêmau na llyfrgell. Yn bendant, doedd yno ddim ffrwythau. Tri bwndel o wair oedd ar eu cyfer fel gwelyau. Bu Nero'n onest iawn wrth sôn am y ffeithiau hyn i gyd. Ond nid oedd wedi dweud y gwir i gyd, chwaith. Daeth yn amlwg ei fod wedi hepgor rhai manylion pwysig.

Y manylyn cyntaf i'r Baudelairiaid sylwi arno oedd y crancod bychain mân a redai i bob cyfeiriad ar hyd y llawr. Roedd pob un tua'r un maint â blwch matsys, a'u crafangau'n clecian yn fileinig yn yr awyr. Wrth groesi'r cwt i eistedd yn ddigalon ar eu bwndeli gwair, siomwyd y plant o sylweddoli bod y crancod yn greaduriaid tiriogaethol – gair sydd yma'n golygu eu bod nhw'n "anfodlon iawn o weld plant bach yn tarfu ar yr hyn roedden nhw'n ei ystyried yn eiddo iddyn nhw".

Heidiodd y crancod o gwmpas y plant gan ddechrau clecian eu crafangau arnynt. Trwy lwc, digon gwael oedd gallu'r crancod i anelu'n gywir, ac roedd eu crafangau mor fach, go brin y gallen nhw beri llawer o loes. Serch hynny, does neb eisiau haid o grancod yn byw ar lawr eu cartref.

Ar ôl iddynt lwyddo i gyrraedd eu bwndeli gwair, gan blygu'u coesau oddi tanynt i eistedd, cododd y plant eu llygaid tua'r nenfwd i weld manylyn arall doedd Nero heb sôn amdano. Roedd rhyw fath o ffwng yn tyfu yno, a hwnnw'n llaith ac o liw brown golau, fel lledr. Bob hyn a hyn, disgynnai diferion tamp, *plop!* ar ben y plant, ac roedd yn rhaid iddyn nhw symud eu pennau o'r naill ochr i'r llall yn ddiddiwedd, er mwyn osgoi sudd y ffwng.

Fel y crancod, doedd y ffwng a'i *blop!* di-baid ddim

yn ymddangos fel petai'n mynd i wneud unrhyw niwed. Ond, fel y crancod hefyd, doedd e ddim yn ychwanegu dim at gysur y cwt, chwaith. A dyna ddau fanylyn doedd Nero heb sôn amdanynt.

Roedd yna drydydd, hefyd. Wrth eistedd yno'n osgoi crafangau'r crancod a *phlop!* diferion y ffwng, sylwodd y plant ar un manylyn diniwed ond annifyr arall nad oedd yr is-brifathro wedi sôn amdano – lliw'r muriau. Gwyrdd llachar oedd lliw pob un o'r pedair wal, gyda chalonnau bach pinc drostynt, a'r rheini'n debycach i gerdyn Santes Dwynwen di-chwaeth na chartref. Penderfynnodd y Baudelairiaid fod yn well ganddyn nhw edrych i lawr ar y crancod ac i fyny ar y ffwng nag ar y pedair wal hyll o'u cwmpas.

Drwyddo draw, roedd y cwt yn lle rhy ddiflas i gadw hen grwyn bananas ynddo, heb sôn am fod yn gartref i dri ifanc ar eu prifiant – a byddwch yn gwybod, rwy'n siŵr, fod "ar eich prifiant" yn golygu eich bod "yn tyfu ac yn datblygu'n gyflym ac angen lle cymen i allu gwneud hynny'n iawn". Doedd dim byd yn gymen am y cwt, a rhaid imi gyfaddef, petawn i wedi cael fy hun yn eistedd yno ar y bwndeli gwair ac ar fy mhrifiant, rwy'n siŵr y byddwn i wedi cael ffit o sterics. Ond roedd y Baudelairiaid wedi dysgu o hir brofiad nad oedd cael ffit o sterics, er cymaint o hwyl oedd cael ffit o'r fath, bron byth yn datrys yr un broblem. Felly, ar ôl cyfnod hir o dawelwch, ceisiodd yr amddifaid edrych ar eu sefyllfa yn y ffordd orau bosibl.

"Hen stafell ddigon diflas yw hon," dywedodd Violet o'r diwedd, "ond dim ond imi roi fy meddwl ar waith, rwy'n siŵr y galla i ddyfeisio rhywbeth i gadw'r crancod 'ma i ffwrdd oddi wrth ein traed."

"A dw inne am fynd i ddarllen am y ffwng lliw lledr 'ma," meddai Klaus. "Falle y do i o hyd i wybodaeth yn llyfrgell yr adeilad Preswyl ar sut i'w atal rhag diferu fel hyn."

"Isgob!" ychwanegodd Sunny, a oedd yn golygu rhywbeth tebyg i "Siawns na alla inne ddefnyddio'r pedwar dant miniog 'ma i grafu'r paent hyll oddi ar y waliau."

Cusanodd Klaus ei chwaer fach ar ei chorun. "O leia fe gawn ni gyfle i fynd i'r ysgol," meddai. "Rwy wedi gweld eisiau ystafell ddosbarth go iawn."

"Finne hefyd," cytunodd Violet. "Ac fe gawn ni gymysgu 'da phobl eraill 'run oedran â ni. Dim ond oedolion sydd wedi bod o'n cwmpas ni ers hydoedd."

"Wonig," meddai Sunny, a oedd mwy na thebyg yn golygu, "A bydd dysgu sgiliau swyddfa'n gyfle cyffrous i finne, er mai mewn ysgol feithrin yn rhywle y dylwn i fod, go iawn."

"Digon gwir," meddai Klaus. "A phwy a ŵyr? Efallai y gall y cyfrifiadur blaengar gadw Iarll Olaf i ffwrdd wedi'r cwbl."

"Ti'n iawn," cytunodd Violet. "Byddai unrhyw ystafell heb Iarll Olaf ynddi'n gwneud y tro i mi."

"Olo," meddai Sunny, a oedd yn golygu "Hyd yn oed os yw hi'n hyll, yn llaith ac yn ferw o grancod."

Ochneidiodd y plant gan eistedd yn dawel am rai eiliadau. Roedd y cwt i gyd yn dawel, ar wahân i glecian crafangau'r crancod, *plop!* diferion y ffwng ac ochneidiau'r Baudelairiaid. Er iddyn nhw wneud eu gorau glas i anwybyddu pa mor annifyr oedd y lle, roedd hi'n anodd iawn peidio â gwneud môr a mynydd o'r sefyllfa. Doedd meddwl am ystafelloedd dosbarth a phobl yr un oedran â nhw'u hunain ddim, mewn gwirionedd, yn gwneud i'r lle ymddangos ronyn yn llai diflas.

"Wel," torrodd Klaus ar draws y tawelwch o'r diwedd, "mae'n nesu at amser cinio, ddywedwn i. Os byddwn ni'n hwyr, chawn ni ddim cwpanau na gwydrau, cofiwch. Felly gwell inni frysio."

"Mae'r rheolau 'ma'n hurt," meddai Violet, gan symud ei phen i'r ochr i osgoi *plop!* "Dyw'r ymadrodd 'amser cinio' ddim yn cyfeirio at amser penodol. Dim ond cyfnod cyffredinol yn ystod y dydd pan fydd pobl fel arfer yn bwyta cinio yw e."

"Fi'n gwbod," cytunodd Klaus, "ac mae'r ffaith fod Sunny'n cael ei chosbi am fynd i'r adeilad gweinyddol pan mae'n *rhaid* iddi fynd yno i fod yn ysgrifenyddes i Nero yn gwbl wallgo."

"Botsh!" meddai Sunny, gan roi ei llaw fechan ar ben-glin ei brawd. Ystyr hynny oedd, "Peidiwch â phoeni amdana i. Babi ydw i, ac anaml iawn dwi'n defnyddio cyllyll a llwyau a phethe felly. Fydd hi fawr o golled i mi."

Rheolau gwallgo ai peidio, doedd yr amddifaid

ddim am gael eu cosbi, ac felly dyma nhw'n camu'n ofalus – ac mae "gofalus" yma'n golygu "gan geisio osgoi crancod tiriogaethol" – allan o'r cwt at y lawnt frown. Rhaid bod y wers chwaraeon drosodd achos doedd neb yn rhedeg, a gwnaeth hyn i'r Baudelairiaid gerdded hyd yn oed yn gyflymach i'r ffreutur.

Rai blynyddoedd cyn i'r stori hon ddigwydd, pan oedd Violet yn ddeg a Klaus yn wyth a Sunny ddim wedi cael ei geni hyd yn oed, roedd y teulu Baudelaire wedi mynd i sioe wledig i weld mochyn eu Hewythr Elwyn, a oedd yn cystadlu yno. Fel y digwyddodd hi, peth digon diflas oedd cystadleuaeth y moch, ond mewn pabell gyfagos, roedd 'na gystadleuaeth arall a aeth â bryd y teulu: Cystadleuaeth y *Lasagne* Mwyaf. *Lasagne* wedi'i wneud gan un ar ddeg o leianod a enillodd, ac roedd mor feddal â matras fawr. Ar y pryd, roedd Violet a Klaus wedi credu'n siŵr na welen nhw *lasagne* mor fawr byth eto. Ond nawr, fe welon nhw nad oedden nhw wedi bod yn iawn i gredu hynny.

Yn y ffreutur, roedd 'na *lasagne* a oedd bron mor fawr â neuadd ddawnsio. Gorffwysai ar res o fyrddau bychan rhag iddo losgi'r llawr, ac roedd y person a safai yn ei ymyl yn gweini darnau ohono yn gwisgo mwgwd mawr metel i amddiffyn ei wyneb. Prin y gallai'r plant weld llygaid y person yn edrych arnynt drwy'r mwgwd.

Wedi'u syfrdanu, ymunodd y Baudelairiaid â rhes o blant a oedd yn sefyll yno'n aros eu tro i'r person yn y mwgwd roi darn o *lasagne* ar eu platiau plastig hyll, heb yngan gair. Ar ôl derbyn eu dogn o *lasagne*, dilynodd yr amddifaid y plant eraill draw at y salad gwyrdd a oedd mewn powlen maint cefn lorri anferth. Nesaf at y salad roedd mynydd o fara garlleg, ac ar y pen safai person arall mewn mwgwd metel, yn estyn cyllyll a ffyrc i bob myfyriwr nad oedd wedi bod yn yr adeilad gweinyddol.

"Diolch," meddai pob un o'r Baudelairiaid wrth y person, a nodiodd ef neu hi'n ôl arnynt yn araf a metelaidd.

Wrth gymryd eu hamser i edrych o gwmpas y ffreutur, gallent weld bod cannoedd o blant eisoes wedi derbyn eu *lasagne* ac yn eistedd wrth fyrddau hirsgwar anferth yn ei fwyta. Roedd plant eraill wedi bod yn yr adeilad gweinyddol, mae'n rhaid, gan eu bod nhw'n gorfod bwyta heb gyllyll na ffyrc. Roedd dwylo rhai eraill wedi'u clymu y tu cefn iddynt, a thybiodd y plant fod y rheini'n cael eu cosbi am fod yn hwyr i'w dosbarthiadau. Ar wynebau eraill roedd golwg sobor o drist, fel petaen nhw wedi gorfod prynu pecyn o losin i rywun a gwylio'r person hwnnw'n bwyta'r cyfan. Y nhw oedd y rhai oedd wedi colli un o gyngherddau chwe awr Nero, dyfalodd yr amddifaid.

Ond nid y gwahanol gosbau hyn oedd wedi gwneud i'r Baudelairiaid oedi, mewn gwirionedd. Eu rheswm dros aros ac edrych oedd ceisio penderfynu ble i eistedd. Dyw hi ddim bob amser yn amlwg ble ddylech chi eistedd mewn ffreutur. Mae pob un yn wahanol, ac mae'r rheolau sydd i'w dilyn yn gallu amrywio. Fel arfer, byddai'r Baudelairiaid yn eistedd gyda'u ffrindiau, ond roedd eu ffrindiau ymhell bell o Ysgol Breswyl Prwffrog. Roedd Violet, Klaus a Sunny wedi drysu, ac wrth edrych yn ofalus ar yr olygfa o'u blaen wydden nhw ddim ble yn y byd i roi eu hambyrddau hyll i lawr.

O'r diwedd, fe ddalion nhw lygad y ferch a welson nhw ar y lawnt, yr un a oedd wedi'u galw'n 'falwod dan draed', ac fe ddechreuon nhw gerdded tuag ati.

Nawr, fe wyddoch chi a fi mai Carmelita Sbats oedd y ferch fach atgas hon, ond doedd y Baudelairiaid ddim wedi cael cyfle i gwrdd â hi yn iawn, a wydden nhw ddim pa mor atgas oedd hi. Ond wrth iddyn nhw gamu draw ati, fe ddysgon nhw'n gyflym.

"Peidiwch â meddwl am *eiliad* eich bod chi'n mynd i eistedd fan hyn, y malwod dan draed ag 'ych chi!" gwaeddodd Carmelita Sbats. Roedd llawer o'i ffrindiau treisgar, mochaidd, anfoesgar yn nodio'u pennau i ddangos eu bod nhw'n cytuno â hi. "Does neb am fwyta'u cinio gyda phobl Cwt yr Amddifaid."

"Mae'n flin 'da fi," meddai Klaus, er nad oedd yn flin ganddo o gwbl.

Doedd Carmelita erioed wedi bod yn yr adeilad gweinyddol, mae'n rhaid, achos roedd ganddi gyllell a fforc yn ei llaw. Dechreuodd eu taro ar yr hambwrdd o'i blaen mewn ffordd rythmig a fyddai wedi bod yn ddigon i godi gwrychyn unrhyw un rhesymol. "Malwod dan draed o Gwt yr Amddifaid! Malwod dan draed o Gwt yr Amddifaid!" dechreuodd lafarganu, ac er mawr ofid i'r Baudelairiaid dechreuodd rhai o'r plant eraill ymuno â hi. Fel llawer o bobl anghwrtais, treisgar a mochaidd, roedd gan Carmelita Sbats griw o ffrindiau a oedd yn fwy na pharod i'w helpu i hambygio pobl – er mwyn gwneud yn siŵr na chaen nhw eu hambygio eu hunain, siŵr o fod. Cyn pen dim, roedd fel petai'r ffreutur cyfan yn taro'u hambyrddau â'u cyllyll a'u ffyrc ac yn llafarganu, "Malwod dan draed o Gwt yr Amddifaid!" Camodd y tri'n nes at ei gilydd, gan graffu i bob cyfeiriad wrth chwilio am rywle i ddianc i fwyta mewn heddwch.

"O, gad lonydd iddyn nhw, Carmelita!" meddai llais uwchlaw sŵn y llafarganu. Trodd y Baudelairiaid i'w gyfeiriad a gweld bachgen gyda gwallt tywyll a llygaid llydan iawn. Edrychai fymryn yn hŷn na Klaus ac yn iau na Violet, ac ym mhoced ei siwmper wlân drwchus roedd ganddo lyfr nodiadau gwyrdd tywyll. "*Ti* yw'r falwen dan draed a fydde neb yn ei iawn bwyll am fwyta yn dy ymyl di, ta beth! 'Co chi," meddai wedyn, gan droi at y Baudelairiaid. “Mae ’na le wrth ein bwrdd ni.”

“Diolch yn fawr,” meddai Violet mewn rhyddhad, gan ddilyn y bachgen at fwrdd lle roedd digon o le. Eisteddodd hwnnw yn ymyl merch oedd yn edrych yr un ffunud ag ef ei hun – a phan fydd person neu wrthrych yn edrych “yr un ffunud” â pherson neu wrthrych arall, mae’n golygu eu bod nhw mwy neu lai fel copi o’i gilydd. Roedd hi tua’r un oedran, gyda gwallt tywyll iawn a llygaid llydan, yn union fel y bachgen, a llyfr nodiadau ym mhoced ei siwmper wlân hithau. Yr unig wahaniaeth oedd fod ei llyfr nodiadau hi yn ddu fel y fagddu. Teimlai’r Baudelairiaid ei bod hi braidd yn sbwci i edrych ar ddau berson a oedd mor debyg i’w gilydd, ond roedd hynny’n well na gorfod edrych ar Carmelita Sbats, felly fe eisteddon nhw gyferbyn â nhw gan gyflwyno’u hunain.

“Violet Baudelaire ydw i,” dywedodd Violet Baudelaire, “a dyma fy mrawd, Klaus, a’n chwaer fach ni, Sunny.”

“Braf cwrdd â chi,” meddai’r bachgen. “Duncan

Dwfngors ydw i, a dyma fy chwaer, Isadora. A'r ferch oedd yn sgrechen arnoch chi, mae'n flin 'da fi ddweud, oedd Carmelita Sbats."

"Dyw hi ddim yn ymddangos fel merch ddymunol o gwbl," meddai Klaus.

"Does dim yn sicrach," cytunodd Isadora. "Merch anghwrtais, dreisgar a mochaidd yw Carmelita Sbats a pho leia' o amser dreuliwch chi yn ei chwmni hi, gore oll."

"Adrodda'r gerdd a ysgrifennaist amdani i'r Baudelairiaid," meddai Duncan wrth ei chwaer.

"Chi'n ysgrifennu cerddi?" gofynnodd Klaus. Roedd e wedi darllen llawer am feirdd, ond doedd e erioed wedi cwrdd ag un.

"Dim ond ambell un," atebodd Isadora'n wylaidd. "Mi fydda i'n taro ambell bennill i lawr yn y llyfryn nodiadau 'ma. Un o 'niddordebau i."

"Sapffo!" gwichiodd Sunny, gan olygu, "Byddwn i wrth fy modd yn clywed cerdd gen ti."

Eglurodd Klaus i'r Dwfngorsiaid yr hyn a ddywedodd Sunny. Gwenodd Isadora ac agorodd ei llyfryn bach. "Cerdd fer iawn yw hi," eglurodd. "Dim ond dwy linell yn odli."

"'Cwpled' yw'r enw ar hynny," meddai Klaus. "Fe ddysgais i hynny mewn llyfr o feirniadaeth lenyddol."

"Ie, rwy'n gwbod," meddai Isadora, gan droi at ei cherdd, a phwyso ymlaen fel na allai Carmelita Sbats glustfeinio:

"Byddai'n well gen i gnoi ar hen ystlum mawr
Na gorfod diodde cwmni Carmelita Sbats am awr."

Giglodd y Baudelairiaid, gan godi'u dwylo at eu cegau rhag ofn i rywun feddwl eu bod nhw'n chwerthin am ben Carmelita. "Gwych," barnodd Klaus. "Rwy'n hoffi'r darn am yr ystlum mawr."

"Diolch," dywedodd Isadora. "Fe hoffwn inne ddarllen y llyfr 'na o feirniadaeth lenyddol. Gaf i ei fenthyg rywdro?"

"Mae hynny'n amhosibl," atebodd Klaus, gan edrych ar y llawr. "Llyfr 'y nhad oedd e ac fe gafodd ei ddinistrio mewn tân."

Edrychodd y Dwfngorsiaid ar ei gilydd a lledodd llygaid y ddau hyd yn oed yn fwy. "Mae'n flin 'da fi glywed 'na," meddai Duncan. "Mae fy chwaer a finne wedi diodde tân erchyll hefyd, felly fe wyddon ni mor ofnadwy yw e. Gafodd eich tad ei ladd yn y tân?"

"Do," atebodd Klaus. "A'n mam ni hefyd."

Rhoddodd Isadora ei fforc i lawr ac estyn ei llaw i wasgu llaw Klaus. Fel arfer, byddai hynny wedi gwneud iddo deimlo braidd yn annifyr, ond o dan yr amgylchiadau roedd yn ymddangos yn beth cwbl naturiol. "Rwy mor flin o glywed hynny," meddai hi. "Lladdwyd ein rhieni ninnau mewn tân hefyd. Mae hiraethu cymaint ar ôl eich rhieni yn ofnadwy, on'd yw e?"

"Blodi," dywedodd Sunny, gan siglo'i phen.

"Am amser hir," cyfaddefodd Duncan, "roedd arna i ofn pob math o dân. Fedrwn i ddim hyd oed edrych ar ffwrn."

Gwenodd Violet. "Fe fuon ni'n aros 'da'n modryb am sbel, ein Bopa Josephine, ac roedd ofn y ffwrn ar honno. Ofn y bydde hi'n ffrwydro."

"Ffrwydro!" meddai Duncan. "O, doedd arna i ddim cymaint â hynny o ofn! Pam nad 'ych chi'n dal i fyw 'da'ch Bopa Josephine?"

Tro Violet oedd hi nawr i edrych ar y llawr, a thro

Duncan oedd hi i estyn llaw ar draws y bwrdd a'i gorffwys ar ei llaw hithau.

"Buodd hi farw," meddai Violet. "A dweud y gwir, Duncan, digon siang-di-fang fuodd ein bywyd ni ers sbel."

"Ddrwg 'da fi glywed 'ny," meddai Duncan, "a 'sen dda 'da fi allu dweud y daw pethe'n well o fan hyn ymlaen, ond rhwng cyngherddau'r Is-brifathro Nero, hambygio Carmelita Sbats a chwt arswydus yr amddifaid, lle hynod o ddiflas yw Ysgol Breswyl Prwffrog."

"Mae'n gywilyddus galw'r lle'n Gwt yr Amddifaid," dywedodd Klaus. "Mae'r cwt ei hun yn ddigon gwarthus fel ag y mae, heb sôn am roi enw sarhaus fel'na arno."

"Carmelita a enwodd y lle yn Gwt yr Amddifaid," eglurodd Isadora. "Bu'n rhaid i Duncan a fi fyw yno am dri thymor, am fod angen llofnod rhiant neu ofalwr, a doedd dim un 'da ni."

"Dyna'n union be' sy wedi digwydd i ni!" bloeddiodd Violet. "A phan ofynnon ni i'r Is-brifathro Nero wneud eithriad ..."

"Fe ddywedodd e ei fod e'n rhy brysur yn ymarfer ei ffidl," aeth Isadora yn ei blaen i orffen y frawddeg. "Dyna mae e'n ei ddweud drwy'r amser. Ta beth, dechreuodd Carmelita alw'r lle'n Gwt yr Amddifaid pan oedden ni'n byw yno a dyna'r enw mae hi am barhau i'w alw, mae'n ymddangos."

"Dewis Carmelita o enw ar y lle yw'r lleia o'n problemau," ochneidiodd Violet. "Sut ddaethoch chi i ben 'da'r crancod pan oeddech chi'n byw yno?"

Cododd Duncan ei law oddi ar ei llaw hi, er mwyn tynnu'i lyfryn nodiadau o'i boced. "Mi fydda i wastad yn defnyddio hwn i wneud nodiadau," eglurodd. "Dw i am fod yn ohebydd papur newydd pan fydda i ychydig yn hŷn, ac rwy'n meddwl ei fod yn syniad da i ddechrau ymarfer nawr. Dyma ni: nodiadau ar y crancod. Mae 'da fi restr fan hyn o bethe i'w gwneud i'w cadw nhw draw. Y peth i'w gofio yw bod arnyn nhw ofn sŵn uchel."

"Ofn sŵn uchel," ailadroddodd Violet, gan glymu rhuban am ei phen i gadw'i gwallt o'i llygaid.

"Pan fydd hi'n clymu ei gwallt fel 'na, mae'n golygu ei bod hi'n meddwl am ddyfais," eglurodd

Klaus. “Mae fy chwaer yn giamstar ar ddyfeisio.”

“Beth am sgidiau swnllyd?” awgrymodd Violet. “Petaen ni’n cael darnau o fetel a’u rhoi nhw’n sownd wrth ein sgidiau, fe fydden ni’n gwneud sŵn drwy’r amser wrth gerdded o gwmpas. Fentra i na welen ni fawr ar y crancod ’na wedyn.”

“Sgidiau swnllyd!” ystyriodd Duncan. “Fe fuodd Isadora a fi’n byw yn y cwt am fisoedd, a wnaethon ni erioed feddwl am sgidiau swnllyd!” Tynnodd bensil o’i boced ac ysgrifennu “sgidiau swnllyd” yn y llyfr bach gwyrdd. Yna trodd dudalen. “Os carech chi help i drin y ffwng ’na ar y nenfwd, mae ’da fi restr o lyfrau ar y pwnc sydd yn llyfrgell yr ysgol.”

“Cyffrolau-olau!” gwichiodd Sunny.

“Bydden ni’n dwlu gweld y llyfrgell,” cyfieithodd Violet ar ran ei chwaer. “Dyna lwcus fuon ni i ddod ar draws dau efaill fel chi.”

Clafychodd wynebau Duncan ac Isadora. Mae’r gair “clafychu” fel arfer yn cyfeirio at y tywydd neu berson sy’n wael iawn ei iechyd. Ond yma, mae’n golygu bod wynebau’r ddau wedi “troi’n llwyd, yn drist ac yn boenus yr olwg, fel petai storm neu boen yn pasio heibio."

"Be sy'n bod?" holodd Klaus. "Ydan ni wedi dweud rhywbeth i'ch brifo?"

"Dau efaill," meddai Duncan mewn llais mor ysgafn, prin y gallai'r Baudelairiaid ei glywed.

"Chi *yn* efeilliaid, on'd 'ych chi?" gofynnodd Violet. "Chi'r un ffunud â'ch gilydd."

"Tripledi," meddai Isadora'n bruddglwyfus.

"Rwy wedi drysu," meddai Violet. "Ystyr 'tripledi' yw fod *tri* babi wedi'u geni ar yr un pryd … ontefe?"

"Ie," cytunodd Isadora. "*Roedden* ni'n dri babi. Fe gafodd y tri ohonon ni'n geni gyda'n gilydd. Tri efaill. Neu 'tripledi' fel y bydd rhai'n ei ddweud. Ond fe gafodd ein brawd, Quigley, ei ladd yn y tân a laddodd ein rhieni."

"Mae'n flin iawn gen i glywed hynny," meddai Klaus. "Maddeuwch inni am ddweud mai dau efaill oeddech chi. Wydden ni ddim am Quigley."

"Na, wrth gwrs wyddech chi ddim," meddai Duncan yn ôl wrthynt, gan wenu'n wan. "Doedd dim posib ichi wybod. Nawr 'te, dewch! Os 'ych chi wedi cael digon o *lasagne*, fe awn ni i ddangos y llyfrgell i chi."

"A falle y gallwn ni edrych am ddarnau o fetel i wneud sgidiau swnllyd!" awgrymodd Isadora.

Gwenodd y Baudelairiaid, ac ar ôl iddyn nhw gael gwared â'u hambyrddau, aeth y pump o'r ffreutur i gyfeiriad y llyfrgell, a oedd yn ystafell ddymunol iawn. Ond nid y cadeiriau cysurus, y silffoedd pren llawn llyfrau, na'r tawelwch hyfryd a ddaw o glywed llawer o bobl yn darllen mewn dedwyddwch wnaeth i'r plant deimlo mor fodlon yno. Fe fedrwn i sôn am y goleuadau ar ffurfiau gwahanol fathau o bysgod, a'r llenni glas a ddawnsiai'n osgeiddig fel môr llonydd yn yr haul wrth i awel ysgafn ddod drwy'r ffenestri. Ond ofer fyddai hynny. Er mor braf y pethau hyn oll, rhywbeth cwbl wahanol a roddodd wên ar wynebau'r pump. Dw i ddim wedi ymchwilio mor fanwl i gefndir y Dwfngorsiaid ag yr ydw i i hanes y Baudelairiaid, ond rwy'n ffyddiog 'mod i'n saff wrth dybio mai'r un rheswm oedd yn gyfrifol am wenau'r pump.

Rhyddhad i bawb, mewn amser o ofid a dryswch, yw dod o hyd i ffrindiau go iawn, a'r rhyddhad hwnnw oedd yn gwneud i'r plant deimlo mor fodlon wrth i'r Dwfngorsiaid dywys y Baudelairiaid o gwmpas llyfrgell Ysgol Breswyl Prwffrog. Mae 'nabod pobl dda sydd wedi mynd trwy brofiadau tebyg i'r profiadau a gawsoch chi – sydd yma'n golygu "colli aelodau o'ch teulu mewn tân arswydus a byw yng Nghwt yr Amddifaid" – yn gallu gwneud i'r byd ymddangos yn llai, ac yn fwy diogel na'r hyn yw e mewn gwirionedd.

Wrth i Violet, Klaus a Sunny ddilyn Duncan ac Isadora, a oedd yn arwain y ffordd ac yn sibrwd beth oedd beth, tawelwyd rhai o'u hofnau, ac erbyn i'r ddau dywysydd argymell rhai o'u hoff lyfrau i'r Baudelairiaid, dechreuodd y tri obeithio bod eu gofidiau o'r diwedd ar fin dod i ben, efallai.

Nid dyna'r hyn oedd ar fin digwydd mewn gwirionedd, wrth gwrs, ond am y tro, doedd hynny ddim yn bwysig. Roedd yr amddifaid Baudelaire wedi dod o hyd i ffrindiau newydd, sef y ddau efaill a oedd ar ôl o dripledi'r Dwfngors, ac o'r herwydd roedd y byd, am y tro, yn ymddangos yn llai o faint, ac yn fwy diogel, iddynt nag a wnaeth ers amser maith.

PENNOD
Pedwar

Os buoch chi mewn amgueddfa'n ddiweddar – boed hynny i weld arddangosfa neu i ddianc rhag yr heddlu – efallai ichi sylwi ar fath arbennig o lun sy'n cael ei alw'n driptych. Mae 'na dri phanel i driptych, gyda rhywbeth gwahanol wedi'i beintio ym mhob un o'r tri. Er enghraifft, gwnaeth fy ffrind yr Athro Reed driptych i mi unwaith. Paentiodd dân ar un panel, teipiadur ar un arall ac wyneb menyw hardd ar y trydydd. Teitl y triptych yw 'Yr Hyn Ddigwyddodd i Beatrice' ac rwy'n wylo bob tro y byddaf yn edrych arno.

Awdur ydw i, nid arlunydd, a geiriau fydda' i'n eu

defnyddio, nid paent. Ond petawn i'n creu triptych gyda'r teitl 'Profiadau Diflas yr Amddifiad Baudelaire yn Ysgol Breswyl Prwffrog', llun o Mr Remora rown i yn y panel cyntaf, Mrs Bass yn yr ail, a bocs llawn staplau yn y trydydd. Mor drist fyddai'r gwaith gorffenedig, rhwng hwnnw â thriptych Beatrice, fel y byddwn i'n gwneud dim byd trwy'r dydd ond wylo wrth edrych ar y ddau.

Athro Violet oedd Mr Remora, ac roedd e mor ofnadwy bron nad oedd Violet o'r farn y byddai'n well ganddi aros yng Nghwt yr Amddifaid drwy'r dydd a bwyta'i bwyd gyda'i dwylo wedi'u clymu y tu cefn iddi na rhuthro i Ystafell Un bob dydd. Roedd gan Mr Remora fwstás du, trwchus, fel petai rhywun wedi torri bys bawd gorila i ffwrdd a'i osod o dan ei drwyn. Rheswm arall pam ei fod yn debyg i gorila oedd ei fod e'n bwyta bananas drwy'r dydd. Ffrwyth maethlon iawn yw banana, yn llawn potasiwm, ond ar ôl gweld Mr Remora'n gwthio un banana ar ôl y llall i'w geg, a gadael i'w crwyn ddisgyn ar lawr, a rhwbio cnawd y ffrwyth ar draws ei swch a'i ên, doedd Violet ddim am weld banana byth eto yn ei byw.

Rhwng pob llond ceg o fanana byddai Mr Remora'n adrodd storïau, ac roedd disgwyl i'r plant ysgrifennu pob un mewn llyfrau nodiadau. Bob yn awr ac yn y man, byddai prawf yn cael ei osod. Byr iawn oedd y storïau, ac yn aml iawn byddai sawl un ar yr un pwnc. "Un diwrnod, fe es i i'r siop i nôl llaeth," byddai Mr Remora'n dweud wrth gnoi ei fanana. "Ar ôl cyrraedd adref, fe wnes i dywallt y llaeth i wydryn a'i yfed. Yna, fe wyliais y teledu. Y diwedd." Neu: "Un prynhawn, gyrrodd dyn o'r enw Edward i fferm mewn lorri werdd. Ar y fferm roedd gwyddau a gwartheg."

Adroddai Mr Remora un stori ar ôl y llall, a byddai'n bwyta banana ar ôl banana, ac roedd Violet yn ei chael hi'n fwyfwy anodd canolbwyntio. I wneud pethau'n well, byddai Duncan yn eistedd yn ymyl Violet a byddai'r ddau'n pasio nodiadau'n ôl ac ymlaen ar ddiwrnodau diflas. Ar y llaw arall, i wneud pethau'n waeth, eisteddai Carmelita Sbats yn union y tu ôl i Violet a byddai honno'n pwyso ymlaen i bwnio Violet â ffon y daethai o hyd iddi ar y lawnt. "Amddifad," byddai'n sibrwd wrth bwnio Violet â'r ffon, gan ei gwneud hi'n anodd iawn canolbwyntio ac ysgrifennu pob manylyn.

Ar draws y coridor, yn Ystafell Dau, roedd Mrs Bass, athrawes Klaus. Gan fod ganddi wallt mor ddu a di-lun, edrychai hithau hefyd fel gorila. Athrawes dlawd oedd Mrs Bass, a dyw "tlawd" fan hyn ddim yn golygu "doedd ganddi fawr o arian" – mae'n golygu "doedd ganddi ddim diddordeb mewn dim ond y system fetrig". Fe fyddwch chi'n gwybod, rwy'n siŵr, mai trwy'r system fetrig y mae'r rhan fwyaf o'r byd yn mesur pethau, a does dim byd o'i le mewn bod â diddordeb yn hynny. Roedd Klaus ei hun yn cofio un prynhawn glawog pan aeth ati i fesur pob drws yn nhŷ mawr y Baudelairiaid. Fel bwyta banana neu ddwy, roedd hynny'n beth digon naturiol i fachgen wyth mlwydd oed ei wneud. Ond y drwg gyda Mrs Bass oedd ei bod hi wedi mynd dros ben llestri.

Boed law neu hindda, ei hunig ddiléit oedd mesur popeth ac ysgrifennu'r mesuriadau ar y bwrdd du. Bob bore, byddai'n cyrraedd Ystafell Dau gyda bag yn llawn gwrthrychau cyffredin bob dydd – padell ffrio, ffrâm llun, sgerbwd y gath – a'u gosod, pob un yn ei dro, ar ddesg pob myfyriwr. "Mesurwch!" fyddai ei gorchymyn wedyn, a byddai pawb yn cydio yn eu prennau mesur ac yn mesur beth bynnag oedd o'u blaen. Yna, bydden nhw'n rhoi'r mesuriadau i Mrs Bass a fyddai, yn ei thro, yn nodi'r wybodaeth ar y bwrdd du cyn dweud wrth bawb am gyfnewid gwrthrychau. Dyna fyddai'r dosbarth yn ei wneud drwy'r bore, a gallai Klaus glywed ei galon yn suddo. Doedd ei galon ddim yn suddo o gwbl, mewn gwirionedd, wrth gwrs. Pan fydd pobl yn dweud eu bod nhw'n "clywed eu calonnau'n suddo", yr hyn maen nhw'n ei feddwl go iawn yw eu bod nhw "mor ddiflas, mae bron â bod yn brifo". Gyferbyn â Klaus eisteddai Isadora Dwfngors ac roedd honno hefyd yn gallu clywed ei chalon yn suddo. Edrychai'r ddau ar ei gilydd weithiau, gan ddangos eu tafodau, fel petaen nhw'n dweud *On'd yw Mrs Bass yn anhygoel o ddiflas*?

Ond nid i ystafell ddosbarth y byddai Sunny'n mynd bob bore, ond i'r adeilad gweinyddol, a rhaid imi ddweud, dw i'n amau dim nad ei darn hi o'r triptych oedd y gwaethaf. A hithau'n ysgrifenyddes i'r

Is-brifathro Nero, roedd ganddi nifer o ddyletswyddau i'w cyflawni'n ddyddiol – a phob un ohonyn nhw y tu hwnt i'r hyn y byddai disgwyl i fabi allu ei wneud. Er enghraifft, hi oedd yn gyfrifol am ateb y ffôn, ond nid pawb ar ben arall y lein oedd yn deall mai "Ffodada!" oedd ffordd Sunny o ddweud "Bore da. Dyma swyddfa'r Is-brifathro. Shwt alla i'ch helpu chi?" Erbyn yr ail ddiwrnod roedd Nero'n gandryll, am ei bod hi wedi drysu pawb.

Ar ben hynny, Sunny oedd yn gyfrifol am deipio, staplo a phostio pob llythyr, a oedd yn golygu bod yn rhaid iddi weithio gyda theipiadur, staplau a stampiau o'i chwmpas ym mhobman – trugareddau sydd wedi'u cynllunio i gael eu defnyddio gan oedolion, wrth gwrs. Yn wahanol i'r rhan fwyaf o fabanod, roedd gan Sunny brofiad o waith caled eisoes. Wedi'r cwbl, roedd hi a'i brawd a'i chwaer wedi gweithio ym Melin Goed yr Oglau Lwcus, ond roedd yr offer ar y ddesg yn gwbl anaddas ar gyfer dwylo bach fel rhai Sunny. Prin fod ganddi'r nerth i wasgu bysellfwrdd y teipiadur, a fedrai hi sillafu'r un gair yn gywir. Doedd hi erioed wedi defnyddio staplwr o'r blaen, ac felly roedd hi weithiau'n staplo'i bysedd mewn camgymeriad – peth poenus iawn. Ambell waith, glynai un o'r stampiau wrth ei thafod, gan bron â'i thagu.

Fel arfer, bydd myfyrwyr sy'n teimlo'n ddiflas iawn yn yr ysgol yn cael cyfle i deimlo'n well dros y penwythnos, pan gân nhw gyfle i orffwys a chwarae. Roedd y Baudelairiaid yn sicr yn edrych ymlaen at rywbeth heblaw bananas, prennau mesur ac offer swyddfa. Dyna pam eu bod nhw'n teimlo'n giami iawn ddydd Gwener pan ddywedodd y Dwfngorsiaid wrthyn nhw nad oedd y fath beth â phenwythnosau yn Ysgol Breswyl Prwffrog. Diwrnodau ysgol cyffredin oedd y Sadwrn a'r Sul, yn unol ag arwyddair yr ysgol.

Mewn gwirionedd, doedd y rheol hon yn gwneud dim synnwyr o gwbl. Mae'r un mor hawdd cofio eich bod yn mynd i farw wrth ymlacio ag yw hi pan fyddwch yn yr ysgol – ond felly roedd hi, ac o'r herwydd, fedrai'r Baudelairiaid byth gofio pa ddiwrnod o'r wythnos oedd hi. Dyna pam, mae'n flin gen i, na alla i ddweud wrthych pa ddiwrnod o'r wythnos oedd hi pan sylweddolodd Sunny nad oedd llawer o staplau ar ôl. Ond fe alla i ddweud wrthych i Nero adael iddi wybod na fyddai'n prynu rhagor ar ei chyfer, gan ei bod hi wedi gwastraffu cymaint o amser yn dysgu sut i fod yn ysgrifenyddes. Yn lle hynny, byddai'n rhaid iddi wneud ei staplau ei hun, allan o nifer o stribedi metel a gadwai yn ei ddrôr.

"Gwallgofrwydd!" gwaeddodd Violet pan ddywedodd Sunny hyn wrthi. Y cyfnod ar ôl swper oedd hi, ac roedd y Baudelairiaid yng Nghwt yr Amddifaid gyda'r Dwfngorsiaid, yn taflu halen at y nenfwd. Y tu cefn i'r ffreutur, roedd Violet wedi dod o hyd i ddarnau metel ac wedi llwyddo i greu pum pâr o sgidiau swnllyd; tri phâr i'r Baudelairiaid a dau bâr i'r Dwfngorsiaid pan fydden nhw'n ymweld â nhw.

Ond roedd problem y ffwng uwch eu pennau'n dal heb ei datrys eto. Gyda chymorth Duncan, daeth Klaus o hyd i lyfr yn y llyfrgell a oedd yn awgrymu y gallai halen helpu i ladd y math hwn o ffwng. Tra bu'r Dwfngorsiaid yn tynnu sylw'r gweithwyr mewn mygydau trwy ollwng eu hambyrddau ar y llawr, roedd y Baudelairiaid wedi cuddio tri llestr halen yn eu pocedi. Nawr, yn yr egwyl fer wedi swper, roedd y pum plentyn yn ceisio taflu halen at y nenfwd ac yn siarad am eu diwrnod.

“Gwallgofrwydd pur,” cytunodd Klaus. “Mae disgwyl iddi fod yn ysgrifenyddes i neb yn hurt yn y lle cyntaf, heb sôn am orfod gwneud staplau hefyd. Mae’n gwbl annheg!”

“Cael eu gwneud mewn ffatrïoedd fydd staplau fel arfer, rwy’n meddwl,” meddai Duncan, gan oedi am eiliad i fodio trwy’i lyfryn gwyrdd, rhag ofn fod ganddo nodiadau ar y pwnc. “Dw i ddim yn meddwl i staplau gael eu gwneud â llaw ers y bymthegfed ganrif.”

“Os gallet ti ddwyn rhai o’r stribedi metel, Sunny,” meddai Isadora, “fe allen ni i gyd dy helpu i wneud staplau wedyn. Petai’r pump ohonon ni wrthi, fe fyddai’n haws o lawer. A sôn am bethe anodd – rwy’n gweithio ar gerdd am Iarll Olaf ac yn methu’n lân â dod o hyd i eirie digon atgas i’w ddisgrifio.”

“A dyw hi ddim yn hawdd meddwl am eiriau i odli ’da ‘Olaf’, siŵr o fod,” awgrymodd Violet.

“Sobor o anodd,” cytunodd Isadora. “Yr unig air

sy wedi dod imi hyd yn hyn yw 'pilaf', sef math o reis. Ond hyd yn oed wedyn, dyw'r odl ddim yn iawn."

"Efallai, un diwrnod, y cei di gyhoeddi dy gerddi am Iarll Olaf ac wedyn fe ddaw'r byd i wybod un mor atgas oedd e," meddai Klaus.

"Ac fe ysgrifenna i erthygl bapur newydd amdano," cynigiodd Duncan.

"Siawns na allwn i adeiladu gwasg argraffu fy hun," meddai Violet. "Pan fydda i'n cyrraedd fy llawn oed, fe alla i ddefnyddio peth o ffortiwn y Baudelairiaid i brynu'r defnyddiau angenrheidiol."

"Ac wedyn, fe allen ni argraffu llyfrau hefyd?" gofynnodd Klaus.

Gwenodd Violet. Gwyddai fod ei brawd yn breuddwydio am gael argraffu llyfrgell gyfan o lyfrau ar eu cyfer. "Llyfrau hefyd," meddai.

"'Ffortiwn y Baudelairiaid'?" holodd Duncan. "A wnaeth eich rhieni adael ffortiwn i chi hefyd? Ein rhieni ni oedd biau'r saffirau Dwfngors enwog. Chawson nhw mo'u dinistrio yn y tân. Pan fyddwn ni wedi cyrraedd ein llawn oed, ni'n dau fydd biau nhw. Fe allen ni ddechrau busnes argraffu anferth gyda'n gilydd."

"Dyna syniad ffantastig!" bloeddiodd Violet. "Fe allen ni ei alw'n Gorfforaeth Dwfngors-Baudelaire."

"*Fe allen ni ei alw'n Gorfforaeth Dwfngors-Baudelaire!*" Roedd clywed llais dirmygus yr Is-brifathro Nero yn gymaint o sioc i'r plant, disgynnodd y llestri halen o'u dwylo i'r llawr. O fewn eiliadau, roedd y crancod bach pitw wedi eu symud cyn i Nero sylwi. "Mor flin 'da fi dorri ar eich traws a chithau ar ganol eich cyfarfod busnes pwysig," meddai, er bod y plant yn gallu gweld yn iawn nad oedd e'n flin o gwbl. "Mae ein hathro ymarfer corff newydd wedi cyrraedd ac mae'n awyddus i gwrdd â'r amddifaid cyn i 'nghyngerdd i ddechrau. Yn ôl y sôn, mae gan amddifaid esgyrn da iawn, neu ryw ddwli o'r fath. Dyna ddywedoch chi, yntefe, Genghis yr Hyfforddwr?"

"Ie, dyna fe," meddai dyn tal, tenau wrth gamu ymlaen fel y gallai pawb ei weld. Gwisgai drowsus rhedeg a chrys chwys, tebyg i'r hyn y bydd athrawon chwaraeon fel arfer yn eu gwisgo. Ond am ei draed roedd sgidiau rhedeg drud iawn yr olwg, gydag ochrau anghyffredin o uchel. Am ei wddf, roedd chwibanogl arian disglair. Wedi'i lapio am ei ben roedd darn hir o ddefnydd wedi'i ddal yn ei le gan garreg werthfawr, goch. Un enw ar benwisg o'r fath yw "pendorch", ond mae'n siŵr y byddwch chi'n fwy cyfarwydd â'r gair "tyrban". Bydd miliynau o ddynion ar draws y byd yn cadw'u gwallt mewn tyrban am resymau crefyddol, ond gwyddai Violet, Klaus a Sunny nad un o'r dynion hynny oedd Genghis yr Hyfforddwr. Rheswm gwahanol iawn oedd gan hwn.

"Dyna fe, i'r dim," aeth y dyn yn ei flaen. "Mae gan bob plentyn amddifad goesau perffaith ar gyfer rhedeg. Ro'n i am gael golwg ar yr amddifaid yn y cwt cyn dim byd arall."

"Blant," meddai Nero, "codwch oddi ar y gwair 'na a dywedwch helô wrth Genghis yr Hyfforddwr."

"Helô, Genghis yr Hyfforddwr," meddai Duncan.

"Helô, Genghis yr Hyfforddwr," meddai Isadora.

Yn eu tro, gafaelodd y ddau efaill Dwfngors law esgyrnog Genghis a'i hysgwyd, ac yna fe drodd y ddau at y Baudelairiaid, gyda golwg ddryslyd ar eu hwynebau. Roedden nhw wedi disgwyl gweld y tri ohonynt hwythau hefyd ar eu traed i gyfarch yr athro newydd. Ond yn lle hynny, dal i eistedd wnaeth y tri, yn edrych lan ar Genghis yr Hyfforddwr. Ond petawn i wedi bod yno yng Nghwt yr Amddifaid, fyddai hynny ddim wedi bod yn syndod o gwbl i mi. Ac mi fentra i'r triptych 'Yr Hyn Ddigwyddodd i Beatrice' na fyddai wedi bod yn syndod i chithau chwaith, oherwydd, fel y Baudelairiaid, fe fyddwch chi wedi dyfalu pam oedd y dyn a alwai ei hun yn Genghis yr Hyfforddwr yn gwisgo tyrban. Nid gwallt dyn yn unig sy'n cael ei guddio gan dyrban. Gall plethiad y defnydd hir ddod i lawr dros y talcen gan hyd yn oed guddio'r aeliau – neu, yn yr achos hwn, yr *un ael hir*. Ond wrth gwrs, all e ddim cuddio llygaid disglair, disglair na'r olwg sinistr all fod ynddyn nhw.

Gwiriondeb pur oedd yr hyn ddywedodd Genghis yr Hyfforddwr am goesau plant amddifad, wrth gwrs. Ond wrth iddyn nhw eistedd yno'n edrych i fyny arno, byddai wedi bod yn dda ganddyn nhw petai hynny'n wir. Fe fydden nhw wedi bod wrth eu boddau'n gallu rhedeg i ffwrdd cyn gyflymed â'r gwynt ac mor bell â phosibl oddi wrth y dyn a edrychai'n ôl arnynt â'i lygaid disglair, disglair – oherwydd, wrth gwrs, Iarll Olaf oedd y dyn hwn mewn gwirionedd.

PENNOD
Pump

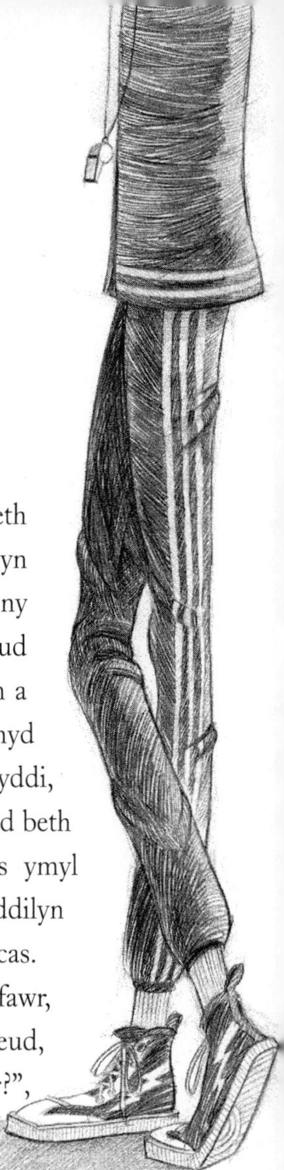

Weithiau, fe fyddwn ni'n gwneud rhywbeth am ein bod ni newydd weld rhywun arall yn gwneud yr un peth yn union. Dyw hynny ddim yn rheswm call iawn dros wneud unrhyw beth. Wrth gwrs, os oes yna dân a chithau'n gweld bod rhywun wedi dod o hyd i ddihangfa dân ddiogel i ddianc drwyddi, mae'n syniad da i ddilyn bryd hynny. Ond beth os gwelwch chi rywun yn neidio dros ymyl clogwyn? Dyw hi ddim yn syniad da i ddilyn esiampl hwnnw. Fe allech chi gael dolur cas.

Pan welodd Klaus a Sunny eu chwaer fawr, Violet, yn codi ar ei thraed ac yn dweud, "Shwt 'ych chi, Genghis yr Hyfforddwr?", doedden nhw'n bendant ddim am ddilyn ei hesiampl. Wydden nhw ddim beth i'w feddwl. Fe wydden nhw'n bendant ei bod hi wedi nabod Iarll Olaf, ond doedden nhw ddim yn deall pam nad oedd hi wedi codi ar ei thraed yn syth i ddweud hynny wrth yr Is-brifathro Nero.

Am eiliad, ystyriodd Klaus a Sunny y posibilrwydd iddi gael ei hypnoteiddio, fel yr hyn a ddigwyddodd i Klaus pan oedden nhw'n byw ym Melin Goed yr Oglau Lwcus. Ond doedd llygaid Violet ddim ar agor led y pen, a phan ofynnodd hi, "Shwt 'ych chi, Genghis yr Hyfforddwr?" doedd ei llais ddim yn swnio fel petai hi mewn perlewyg.

Er eu bod nhw wedi drysu, roedd y ddau'n gwybod y medren nhw ymddiried yn Violet gant y cant. Onid oedd hi wedi llwyddo i osgoi priodi Iarll Olaf pan oedd hynny wedi ymddangos yn anorfod? Ac onid oedd hi wedi dyfeisio teclyn i agor clo ar frys i'w harbed nhw i gyd rhag gelod rheibus? Felly, er nad oedden nhw'n siŵr iawn pam y dylen nhw ddilyn ei hesiampl hi, dyna'n union a wnaethon nhw.

"Shwt 'ych chi, Genghis yr Hyfforddwr?"

cyfarchodd Klaus ef.

"Geffido!" gwichiodd Sunny.

"Dda gen i gwrdd â chi," meddai Genghis gan gilwenu. Gallai'r Baudelairiaid weld ei fod e'n credu iddo'u twyllo a'i fod e'n hapus iawn ag ef ei hun.

"Beth yw'ch barn chi, 'te?" gofynnodd yr Isbrifathro Nero. "Oes gan y plant amddifad hyn y math o goesau yr ydych chi'n chwilio amdanynt?"

Crafodd Genghis yr Hyfforddwr ei dyrban gan edrych i lawr ar y plant fel petaen nhw'n ddanteithion mewn siop losin yn hytrach na phlant. "Oes, yn wir," atebodd yn y llais seimllyd y byddai'r Baudelairiaid yn ei gofio am byth yn eu hunllefau. Gan godi bys tenau, esgyrnog, pwyntiodd at Violet i ddechrau, yna Klaus ac yn olaf, Sunny. "Dyma'n union beth rwy ar ei ôl – y tri hyn. Ond dyw'r efeilliaid ddim gwerth taten i mi."

"Nac i minne," cytunodd Nero, cyn edrych ar ei oriawr. "Wel, mae'n bryd i'r cyngerdd ddechrau. Dilynwch fi i'r awditoriwm, bawb, neu fe fydd raid ichi brynu bag o losin i fi."

Gobeithiai'r Baudelairiaid yn fawr na fydden nhw

byth yn gorfod prynu anrheg o fath yn y byd i'r Is-brifathro, heb sôn am brynu losin iddo – rhywbeth nad oedden nhw wedi'u bwyta ers amser maith. Felly, fe ddilynodd y tri Nero'n dawel a dilynodd y Dwfngorsiaid eu hesiampl hwythau, gan edrych i fyny ar yr adeiladau, a edrychai'n debycach fyth i gerrig beddau yng ngolau'r lleuad.

"Heno," cyhoeddodd Nero, "rwy'n mynd i chwarae sonata i'r ffidl, gwaith a gyfansoddais fy hun. Tua hanner awr o hyd yw'r sonata, ond byddaf yn ei pherfformio ddeuddeg gwaith, yn syth ar ôl ei gilydd."

"O, gwych," meddai Genghis yr Hyfforddwr. "Gobeithio nad oes ots 'da chi 'mod i'n dweud hyn, Is-brifathro Nero, ond rwy'n ffan mawr o'ch cerddoriaeth. Dyna un o'r prif resymau ro'n i am weithio yma yn Ysgol Breswyl Prwffrog."

"Dda gen i glywed hynny," meddai Nero. "Mae'n anodd dod o hyd i bobl sy'n gwerthfawrogi cymaint o athrylith ydw i."

"Rwy'n gyfarwydd iawn â'r teimlad," dywedodd Genghis. "Fi yw athro chwaraeon gorau'r byd ond ches i erioed fy anrhydeddu."

"Gwarthus!" meddai Nero gan ysgwyd ei ben.

Wrth gerdded y tu ôl i'r oedolion, edrychodd y Baudelairiaid a'r Dwfngorsiaid ar ei gilydd i fynegi eu hatgasedd o glywed y sgwrs sebonllyd, ond doedd fiw iddyn nhw yngan gair tan iddyn nhw gyrraedd eu seddau yn yr awditoriwm. Fe ofalon nhw eu bod nhw'n eistedd yn ddigon pell oddi wrth Carmelita Sbats a'i ffrindiau ofnadwy.

Yr unig fantais o orfod gwrando ar ddyn na all chwarae'r ffidl, ond sy'n mynnu ei chwarae p'run bynnag, yw'r ffaith ei fod yn creu'r fath sŵn aflafar, all e ddim clywed a yw'r gynulleidfa'n siarad ymysg ei gilydd ai peidio. Mae'n anghwrtais iawn i siarad yn ystod cyngerdd, wrth gwrs, ond mewn amgylchiadau eithriadol mae modd maddau'r fath ymddygiad. Ac felly yr oedd hi'r noson honno. Ar ôl cyflwyniad byr, pan fu'n canmol ei hun, dechreuodd yr Is-brifathro Nero ar ei sonata am y tro cyntaf.

Un o'r pethau braf a ddaw i'ch meddwl wrth wrando ar ddarn o gerddoriaeth yw ceisio dychmygu beth a ysbrydolodd y cyfansoddwr i'w greu. Weithiau, bydd cyfansoddwr wedi ei ysbrydoli gan natur, a gallwch ddychmygu eich bod yn clywed adar a choed yn ei fiwsig. Dro arall, efallai y byddwch yn dyfalu mai bwrlwm dinas sydd wedi ysbrydoli cyfansoddwr, a gallwch glywed traffig a sŵn traed ar balmentydd.

Wrth wrando ar sonata Nero, daeth yn amlwg mai'r hyn a'i hysbrydolodd e oedd sŵn rhywun yn rhoi cweir i gath, am fod y sŵn a grewyd yn sgrechlyd o uchel – yn ddigon uchel, yn wir, i'w gwneud yn hawdd ichi siarad yn ystod y perfformiad. Dyna'r hyn a wnaeth myfyrwyr Ysgol Breswyl Prwffrog. Wrth i Nero sgrialu'n ôl ac ymlaen ar hyd linynnau'r offeryn gyda'i fwa, roedd y plant yn siarad ymysg ei gilydd. Sylwodd y Baudelairiaid fod hyd yn oed Mr Remora a Mrs Bass, a oedd i fod i gadw llygad am unrhyw un a oedd yn cyrraedd yn hwyr, yn giglo ac yn rhannu banana yn y rhes gefn. Genghis yr Hyfforddwr, a eisteddai yn y rhes flaen, oedd yr unig un i dalu sylw go iawn i'r gerddoriaeth.

"Mae'r athro chwaraeon yn edrych yn dipyn o hen sinach," meddai Isadora.

"Dyna feddylies inne hefyd," cytunodd Duncan.

“Mae golwg snichlyd arno fe.”

“Mae’r olwg snichlyd ’na arno fe,” dechreuodd Violet, gan daro golwg i’w gyfeiriad rhag ofn ei fod e’n gwrando, “am nad hyfforddwr o’r enw Genghis yw e o gwbl. Iarll Olaf mewn cuddwisg yw e.”

“Ro’n i’n *gwbod* dy fod ti wedi’i nabod e!” dywedodd Klaus yn syth.

“Iarll Olaf?” meddai Duncan. “Ond sut y llwyddodd e i’ch dilyn yma?”

“Stracs,” meddai Sunny gyda chalon drom.

“Yr hyn mae fy chwaer yn ei feddwl yw, ‘Mae e’n ein dilyn ni i bobman’,” eglurodd Violet. “Ac mae hi yn llygad ei lle. Ond ’sdim ots shwt ddilynodd e ni. Y peth pwysig i’w gofio yw ei fod e yma a’i fod e’n dal i gynllunio i ddwyn ein ffortiwn ni.”

“Ond pam wnest ti esgus peidio’i nabod?” gofynnodd Klaus.

“Ie,” ychwanegodd Isadora. “’Taset ti wedi dweud wrth Nero mai Iarll Olaf oedd e go iawn, mi fydde hwnnw wedi cael gwared ar yr hen falwoden dan draed. Maddeuwch yr ymadrodd.”

Ysgydwodd Violet ei phen, i adael iddi wybod nad

oedd hi'n cytuno, ac nad oedd ots ganddi am y "falwoden dan draed".

"Mae Olaf yn rhy glyfar i hynny," meddai. "Ro'n i'n gwybod petawn i'n dweud nad oedd e'n athro chwaraeon go iawn y byddai'n siŵr o ddarbwyllo Nero fel arall, yn union fel y gwnaeth e 'da Bopa Josephine ac Wncwl Maldwyn."

"Digon gwir." Roedd yn rhaid i Klaus gytuno. "Ac ar ben hynny, os yw Olaf yn credu ei fod e wedi ein twyllo, mae'n rhoi mwy o amser inni ddod i ddeall pa gynllwyn sydd ar droed ganddo."

"Lloffs!" meddai Sunny.

"Mae fy chwaer yn meddwl bod angen inni weld a oes rhai o'i gynorthwywyr e o gwmpas," esboniodd Violet. "Syniad da, Sunny. Doeddwn i ddim wedi meddwl am hynny."

"Mae gan Iarll Olaf *gynorthwywyr?*" holodd Isadora. "Dyw hynny ddim yn deg. Mae'n ddyn digon drwg ar ei ben ei hun."

"Mae'r cyfeillion sy ganddo lawn cynddrwg â fe'i hunan," eglurodd Klaus. "Mae 'na ddwy fenyw â'u hwynebau'n bowdwr gwyn i gyd a orfododd ni i gymryd rhan yn un o'i ddramâu … Dyn â bachyn yn lle llaw a helpodd Olaf i ladd Wncwl Mald …"

"A phaid ag anghofio'r dyn moel a wnaeth inni weithio mor galed yn y felin goed," ychwanegodd Violet.

"Aplopyn!" meddai Sunny, a oedd yn golygu rhywbeth tebyg i "A'r cynorthwy-ydd sydd ddim yn edrych cweit fel dyn na menyw."

"Beth yw ystyr 'aplopyn'?" gofynnodd Duncan, gan estyn am ei lyfr nodiadau. "Rwy'n mynd i wneud nodyn o'r holl fanylion am Olaf a'i gyfeillion."

"Pam?" holodd Violet.

"Pam?" ailadroddodd Isadora. "Am ein bod ni'n mynd i'ch helpu, dyna pam! Chi ddim yn meddwl y bydden ni'n eistedd fan'ma'n gwneud dim wrth i chi geisio dianc rhag crafangau Olaf, 'ych chi?"

"Ond mae Iarll Olaf yn ddyn peryglus iawn," dywedodd Klaus. "Trwy geisio'n helpu ni, fe fyddwch chi'n rhoi'ch bywydau'ch hunain mewn perygl."

"Twt! Does dim angen poeni am hynny," meddai Duncan, er mae'n flin gen i orfod dweud wrthych y dylai'r Dwfngorsiaid fod wedi poeni am hynny. Fe ddylen nhw fod wedi poeni'n arw. Roedd Duncan ac Isadora'n bobl ddewr a charedig, ac yn ceisio helpu'r Baudelairiaid, ond yn aml iawn mae 'na bris i'w dalu am ddewrder. Nid pum punt neu geiniog a dimai rwy'n ei feddwl wrth ddefnyddio'r gair "pris" yn fan hyn. Rwy'n sôn nawr am bris llawer, llawer uwch – pris mor arswydus, fiw imi ddweud dim rhagor am y tro. Yn ôl â ni at yr olygfa bresennol.

"Yr hyn sydd ei angen arnon ni yw cynllun," aeth Duncan yn ei flaen. "Rhaid inni ddarbwyllo Nero mai Iarll Olaf yw Genghis mewn gwirionedd. Ond sut?"

"Mae'r cyfrifiadur 'na 'da Nero," meddai Violet yn feddylgar. "Chi'n cofio fe'n dangos y llun bach 'na o Olaf i ni, ar y sgrin?"

"Rwy'n cofio," atebodd Klaus. "Fe ddywedodd e y bydde'r system gyfrifiadurol flaengar yn ein harbed rhag Olaf. Hy!"

Cytunodd Sunny ag amheuon Klaus trwy ysgwyd ei phen, a chododd Violet hi i'w chôl. Roedd Nero wedi cyrraedd rhan arbennig o wichlyd yn ei sonata, a bu'n rhaid i'r plant blygu'n nes at ei gilydd i allu parhau â'u sgwrs.

"Os awn ni i weld Nero ben bore fory," awgrymodd Violet, "fe allwn ni gael gair ag e ar ei ben ei hun, heb i Olaf roi ei big i mewn. Fe ofynnwn ni iddo ddefnyddio'r cyfrifiadur. Efallai na fydd e'n barod i'n credu ni, ond fe ddylai'r cyfrifiadur ei ddarbwyllo i wneud ymholiadau pellach am Genghis yr Hyfforddwr."

"Falle y bydd Nero'n gwneud iddo dynu'r tyrban i ffwrdd," meddai Isadora, "er mwyn gweld mai dim ond un ael sy 'da fe."

"Neu dynnu'r sgidie rhedeg drud 'na," awgrymodd Klaus, "er mwyn gweld a oes tatŵ ar ei bigwrn."

"Ond os siaradwch chi â Nero," meddai Duncan, "yna fe fydd Genghis yn gwbod eich bod chi'n ei amau."

"Dyna pam mae'n rhaid inni fod yn arbennig o ofalus," meddai Violet. "Rhaid i Nero ddod i wybod am Olaf heb i Olaf ddod i wybod amdanom ni."

"Yn y cyfamser," meddai Duncan, "gall Isadora a fi wneud ein hymchwiliadau ein hunain. Falle y down ni o hyd i rai o'r cynorthwywyr 'ma sy 'dag e."

"Defnyddiol iawn," dywedodd Violet. "Ond ydych chi'n siŵr eich bod chi am ein helpu?"

"Paid â sôn gair ymhellach," meddai Duncan gan wasgu ei llaw. A soniodd neb 'run gair ymhellach. Chafodd dim mwy ei ddweud am Iarll Olaf weddill y perfformiad hwnnw o'r sonata. Na'r ail berfformiad. Na'r trydydd. Erbyn cyrraedd diwedd y chweched perfformiad, roedd hi'n sobor o hwyr. Y cyfan y gallai'r Baudelairiaid a'r Dwfngorsiaid ei wneud oedd eistedd yn gytûn yng nghysur eu cyfeillgarwch. Er bod cyfeillgarwch rhwng y plant, go brin y gellid dweud eu bod nhw'n gysurus wrth orfod gwrando ar sonata sâl yn cael ei pherfformio drosodd a throsodd gan ddyn na allai chwarae'r ffidl, mewn ysgol annioddefol o wael, gyda dihiryn yn eistedd yn eu hymyl a oedd yn cynllunio pob math o ddrygioni yn eu herbyn. Ond roedd munudau o hapusrwydd o unrhyw fath mor brin ym mywydau'r Baudelairiaid, nes bod y tri wedi dod i dderbyn mai felly yr oedd hi arnyn nhw.

Gan ddal ei afael yn llaw Violet, dechreuodd

Duncan adrodd hanes cyngherddau diflas eraill roedd e wedi bod ynddyn nhw gyda'i rieni pan oedden nhw'n fyw, ac roedd hithau'n hapus i wrando arno'n mynd drwy'r hanes.

Dechreuodd Isadora weithio cerdd yn ei phen – cerdd am lyfrgelloedd – a dangosodd hi i Klaus pan ddechreuodd ei hysgrifennu yn ei llyfr nodiadau. Cynigiodd yntau welliannau.

Cwtsho yng nghôl Violet wnaeth Sunny, gan gnoi ychydig ar ddefnydd braich y sedd.

Go brin fod angen imi ddweud wrthych bod pethau ar fin troi'n waeth o lawer na hyn i'r Baudelairiaid, ond fe ddof â'r bennod hon i ben gyda'r darlun hwn o "gysur cyfeillgarwch". Am y tro, rwy'n meddwl mai dyna fyddai orau – yn hytrach na neidio ymlaen i sôn am ddigwyddiadau annymunol bore drannoeth neu'r treialon a oedd i ddilyn yn ystod y dyddiau nesaf, gan arwain at y drosedd alaethus a fyddai'n dod â dyddiau'r Baudelairiaid yn Ysgol Breswyl Prwffrog i ben. Af i ddim i egluro union ystyr y gair "galaethus" yn y fan hon – ond byddwch wedi dod i'r casgliad nad yw'n disgrifio unrhyw beth pleserus.

Dyddiau drwg oedd y rhain. Waeth inni heb nag esgus fel arall ddim. Ond am y tro, fe wnawn ni anwybyddu'r sonata swnllyd, yr athrawon tlawd, y myfyrwyr sbeitlyd, a'r holl drybini arall sydd ar fin digwydd. Am nawr, fe wnawn ni gloi'r bennod hon yn mwynhau'r ennyd fer hon o gysur a gafodd y pump gyda'i gilydd – yr ennyd olaf o hapusrwydd o unrhyw fath y byddai'r plant yn ei brofi am amser maith iawn, iawn.

PENNOD
Chwech

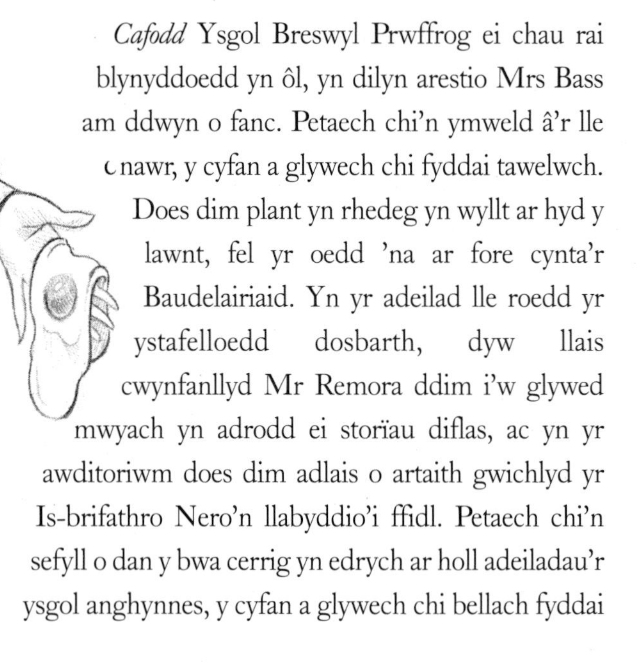

Cafodd Ysgol Breswyl Prwffrog ei chau rai blynyddoedd yn ôl, yn dilyn arestio Mrs Bass am ddwyn o fanc. Petaech chi'n ymweld â'r lle nawr, y cyfan a glywech chi fyddai tawelwch. Does dim plant yn rhedeg yn wyllt ar hyd y lawnt, fel yr oedd 'na ar fore cynta'r Baudelairiaid. Yn yr adeilad lle roedd yr ystafelloedd dosbarth, dyw llais cwynfanllyd Mr Remora ddim i'w glywed mwyach yn adrodd ei storïau diflas, ac yn yr awditoriwm does dim adlais o artaith gwichlyd yr Is-brifathro Nero'n llabyddio'i ffidl. Petaech chi'n sefyll o dan y bwa cerrig yn edrych ar holl adeiladau'r ysgol anghynnes, y cyfan a glywech chi bellach fyddai sibrwd yr awel yn chwythu'n ysgafn drwy'r borfa frown.

Wrth gwrs, nid yr awel oer oedd yn gwneud yr ysgol yn anghynnes. Wrth ddweud bod person neu sefyllfa'n "anghynnes", nid golygu bod y tymheredd yn isel fyddwn ni, ond eu bod nhw'n "ddigroeso" neu'n "codi ofn arnon ni".

Ar wahân i'r ffaith nad oes siw na miw i'w glywed yno mwyach, a dim plant i'w gweld yn unman, mae'r lle'n edrych yn union yr un fath â phan ddeffrodd y Baudelairiaid fore drannoeth a cherdded at yr adeilad gweinyddol i gael gair â Nero am Genghis.

Roedd y plant mor awyddus i siarad ag ef, roedden nhw wedi codi'n fore iawn. Wrth iddyn nhw gerdded ar draws y lawnt, roedd hi fel petai pawb arall wedi dianc o Ysgol Breswyl Prwffrog yn y nos, gan adael yr amddifaid ar eu pennau eu hunain ymysg adeiladau a oedd yn edrych fel cerrig beddau. Gorweddai rhyw oerni dychrynllyd dros y lle, a dyna pam y synnwyd Violet a Sunny braidd pan dorrodd Klaus ar y tawelwch drwy chwerthin.

"Beth sy'n dy oglais di?" gofynnodd Violet.

"Rwy newydd sylweddoli ein bod ni ar y ffordd i'r adeilad gweinyddol heb ganiatâd. Chawn ni ddim cyllyll na ffyrc i fwyta'n bwyd."

"Dyw hynny ddim yn ddoniol," meddai Violet. "Os oes uwd i frecwast, bydd raid inni ei fwyta â'n dwylo."

"Ocet!" cyfrannodd Sunny, gan feddwl, "Mae hynny'n ocê gen i!" Gyda hynny, ymunodd y ddwy chwaer yn y chwerthin. Doedd cael eu gorfodi i fwyta â'u bysedd ddim yn ddoniol o gwbl, wrth gwrs. Ond ni allai'r plant lai na giglo wrth feddwl am yr olygfa.

"Neu beth am wyau meddal?" cynigiodd Violet. "Wyau wedi'u ffrio? A'r melynwy'n rhedeg ar hyd bobman?"

"Neu grempogau a surop yn diferu drostyn nhw?" meddai Klaus.

"Cawl!" gwichiodd Sunny'n ddoniol, a chwarddodd y tri gyda'i gilydd.

"Ydych chi'n cofio'r picnic?" holodd Violet wedyn. "Y diwrnod yr aethon ni i Lyn Rhydybaga ac roedd Dad mor browd o'r picnic roedd e wedi'i baratoi, fe anghofiodd e ddod â chyllyll a ffyrc."

"Rwy'n cofio'n iawn," atebodd Klaus. "Roedd e wedi paratoi twba plastig mawr o fwyd Tsieineaidd."

"Stecs!" gwichiodd Sunny, gan ddal ei dwylo i fyny.

"Oedd, roedd dwylo pawb yn stecs. Ti'n hollol iawn," cytunodd Violet. "Wedyn, fe olchodd pawb eu dwylo yn y llyn ac fe ddes i o hyd i le perffaith i roi cynnig ar y wialen bysgota wnes i."

"Tra es inne i hela mwyar duon 'da Mam," dywedodd Klaus.

"Erws!" meddai Sunny, a oedd yn golygu "Ac fe fues inne'n cnoi'r cerrig mân."

Wrth i'r plant hel atgofion am y prynhawn hwnnw, daeth eu chwerthin i ben. Ymddangosai'r cyfan fel petai wedi digwydd amser maith yn ôl. Yn dilyn y tân, roedden nhw'n gwybod bod eu rhieni wedi marw, wrth gwrs, ond rywsut, fe deimlai'r tri mai dim ond wedi mynd i ffwrdd dros dro oedden nhw, ac y bydden nhw'n dod yn ôl cyn hir. Yn awr, wrth gofio'r haul yn disgleirio ar wyneb Llyn Rhydybaga, sŵn chwerthin eu rhieni, a'r llanast gludiog ar eu dwylo, ymddangosai'r picnic mor bell i ffwrdd fel y gwyddai'r tri na ddelen nhw byth yn ôl.

“’Falle’r awn ni yn ôl ’na ryw ddydd,” meddai Violet yn dawel. “’Nôl at lan y llyn i ddal pysgod a hela mwyar.”

“’Falle’n wir,” meddai Klaus. Ond hyd yn oed petaen nhw’n mynd yn ôl i Lyn Rhydybaga – a wnaethon nhw ddim, gyda llaw – fe wyddai’r Baudelairiaid na fyddai’r lle byth ’run fath. “Ond yn y cyfamser,” aeth Klaus yn ei flaen, “rhaid inni siarad â Nero.”

Wrth iddyn nhw gyrraedd yr adeilad gweinyddol a cherdded i mewn, gwyddai’r Baudelairiaid eu bod nhw’n rhoi heibio’r hawl i ddefnyddio cyllyll, ffyrc a llwyau. Fe ddringon nhw’r grisiau a churo ar ddrws Nero. Doedd dim ffidl i’w chlywed, ac fe synnodd hynny’r tri.

“Dewch i mewn, os oes rhaid i chi,” meddai Nero, ac ufuddhaodd yr amddifaid. Gan sefyll a’i gefn tuag atynt, edrych ar ei adlewyrchiad yng ngwydr y ffenestr yr oedd Nero, wrth glymu rhuban am un o’r cudynnau gwallt ar ochr ei ben. Ar ôl iddo orffen wneud hynny, cododd ei ddwy fraich i’r awyr a chyhoeddi, “Foneddigion a boneddigesau, yr Is-brifathro Nero!" Dechreuodd y plant guro'u dwylo'n ufudd, a throdd Nero rownd yn sydyn.

"Un pâr o ddwylo ro'n i'n disgwyl ei glywed," meddai'n chwyrn. "Violet a Klaus, ddylech chi ddim bod yma o gwbl."

"Mae'n flin 'da fi," meddai Violet, "ond mae'r tri ohonom angen siarad â chi."

"*Mae'r tri ohonom angen siarad â chi*," atebodd Nero yn ei ffordd sbeitlyd arferol. "Rhaid ei fod e'n bwysig iawn os ydych chi'n barod i fyw heb gyllyll, ffyrc na llwyau. Wel, beth sy? Does gen i ddim amser i'w wastraffu. Rhaid ymarfer ar gyfer y cyngerdd nesaf."

"'Chymerwn ni fawr o'ch amser," addawodd Klaus. Oedodd cyn mynd yn ei flaen, sy'n beth doeth i'w wneud os ydych chi'n dewis eich geiriau'n ofalus. "Poeni yr ydan ni," meddai, gan ddewis ei eiriau'n ofalus iawn, iawn, "bod Iarll Olaf wedi llwyddo i gyrraedd Ysgol Breswyl Prwffrog rywsut … efallai."

"Dwli rhonc," mynnodd Nero. "Nawr, ewch o 'ngolwg i. Rhaid i mi ymarfer."

"Ond falle nad dwli rhonc yw e o gwbl," meddai Violet. "Mae Olaf yn feistr ar guddwisgoedd. Fe all fod reit o dan ein trwynau ni a ninnau heb sylwi arno."

"Yr unig beth o dan fy nhrwyn i yw fy ngheg," dywedodd Nero. "Ac mae honno'n dweud wrthych chi am fynd."

"Mae'n bosib mai Iarll Olaf yw Mr Remora," meddai Klaus, "neu Mrs Bass."

"Mae Mr Remora a Mrs Bass wedi bod yn dysgu yn yr ysgol hon ers dros bedwar deg saith o flynyddoedd," atebodd Nero. "Fe fyddwn i'n gwybod 'tase un ohonyn nhw'n esgus bod yn rhywun arall."

"Beth am y bobl sy'n gweithio yn y ffreutur?" holodd Violet. "Mae mygydau metel dros wynebau'r rheini drwy'r amser."

"Mater o ddiogelwch yw hynny, nid cuddwisg," mynnodd Nero. "Wir yr! Mae 'na syniadau gwirion iawn yn eich pennau chi, blant. Y peth nesaf fyddwch chi'n ei honni yw bod yr Iarll Olaf yma'n esgus mai fe yw dy sboner di, yr efaill 'na, beth yw ei enw?"

Gwridodd Violet. "Nid fy sboner i yw Duncan Dwfngors," meddai. "Ac nid Iarll Olaf yw e chwaith."

Ond roedd Nero'n rhy brysur yn mwynhau ei jôcs

ei hun i wrando. "Pwy a ŵyr?" aeth yn ei flaen gan chwerthin. "Hi hi hi. 'Falle mai fe mewn cuddwisg yw Carmelita Sbats!"

"Neu fi?" daeth llais o gyfeiriad y drws. Trodd y Baudelairiaid ar frys i weld Genghis yr Hyfforddwr yn sefyll yno gyda rhosyn coch yn ei law a golwg fileinig yn ei lygaid.

"Neu chi!" meddai Nero. "Hi hi hi. I feddwl bod y boi Olaf 'ma'n esgus mai fe yw'r athro ymarfer corff gorau yn y wlad."

Edrychodd Klaus ar Genghis yr Hyfforddwr a chofio am yr holl ofid roedd e wedi'i achosi wrth esgus mai fe oedd Steffano, cynorthwy-ydd Wncwl Maldwyn, a Shirley'r derbynnydd yn swyddfa'r optegydd, a'r holl enwau ffug eraill roedd e wedi'u defnyddio. Roedd e'n dyheu am gael bloeddio "Ond ti *yw* Iarll Olaf!" yn uchel, ond gwyddai fod gan y Baudelairiaid well siawns o fynd at wraidd ei ddrygioni trwy barhau i ymddwyn fel 'tase Genghis yr Hyfforddwr yn eu twyllo. Cnôdd ei dafod, sydd yma'n golygu na ddywedodd 'run gair. Dyw e ddim yn golygu iddo gnoi ei dafod mewn gwirionedd. Yn lle hynny, yr hyn a wnaeth e oedd agor ei geg a chwerthin.

"Nawr, mi fydde hynny'n ddoniol iawn!" meddai'n gelwyddog. "Dychmygwch mai chi yw Iarll Olaf yn esgus bod yn athro chwaraeon. Wedyn, cuddwisg go iawn fyddai'r tyrban 'na, yntefe, Genghis yr Hyfforddwr?"

"Y tyrban?" meddai Genghis yr Hyfforddwr. Meddalodd yr olwg fileinig ar ei wyneb wrth iddo sylweddoli – yn anghywir, wrth gwrs – mai tynnu coes yr oedd Klaus. "Cuddwisg? Ho ho ho!"

"Ha ha ha!" chwarddodd Nero.

Sylweddolodd Sunny a Violet yn syth beth oedd bwriad eu brawd. "O, ie. Genghis," bloeddiodd Violet fel petai hi'n cael sbri, "tynnwch y tyrban 'na i ddangos eich un ael hir i ni! Ho ho ho!"

"Doniol iawn 'dach chi'ch tri!" ymunodd Nero yn yr hwyl. "Fel tri digrifwr proffesiynol yn union!"

"Felasochan!" gwichiodd Sunny, gan ddangos ei phedwar dant wrth wenu'n ffug.

"O, digon gwir!" cytunodd Klaus. "Mae Sunny yn llygad ei lle! Gwisgo'r sgidiau uchel 'na i guddio'r tatŵ ar eich pigwrn fyddech chi 'tasech chi'n Iarll Olaf go iawn!"

"Hi hi hi!" meddai Nero. "Chi fel tri chlown yn gwmws!"

"Ha ha ha!" meddai Violet, a oedd yn dechrau teimlo'n benysgafn wrth ffugio chwerthin cymaint. Gan edrych i fyny ar wyneb Genghis a gwenu mor aml fel bod ei dannedd yn boenus, cododd ei hun ar flaenau ei thraed i geisio cyrraedd y tyrban. "Os galla i dynnu hwn bant," aeth yn ei blaen fel petai hi'n dal i gogio, "fe wna i ddatgelu'r un ael wedyn."

"Ha ha ha!" chwarddodd Nero nes bod ei gudynnau gwallt yn ysgwyd. "Chi fel tri mwnci mewn syrcas!"

Plygodd Klaus i afael yn un o draed Genghis. "A dw innau'n mynd i dynnu'r esgid 'ma," meddai Klaus fel petai *yntau* hefyd yn dal i gogio, "er mwyn gweld a oes tatŵ 'da chi ai peidio."

"Hi hi hi!" meddai Nero. "Chi fel tri ..."

Chafodd y Baudelairiaid mo'r cyfle i glywed tri o beth oedden nhw'r tro hwn, oherwydd cydiodd Genghis yr Hyfforddwr ynddynt, gan ddal Klaus ag un llaw a Violet â'r llall.

"Ho ho ho!" chwarddodd hwnnw, cyn stopio'n sydyn a difrifoli. "Fiw imi dynnu fy sgidiau," dywedodd, "achos rwy wedi bod yn rhedeg ac mae 'nhraed yn drewi. A chaf i ddim tynnu'r tyrban am resymau crefyddol, wrth gwrs."

"Ha haa …" daeth giglo gwirion Nero i ben. "O, Genghis yr Hyfforddwr," meddai'n ddifrifol, "fydden ni byth yn gofyn ichi fynd yn groes i'ch credoau crefyddol. A dw i'n sicr ddim am gael drewdod traed chwyslyd yn y swyddfa."

Brwydrodd Violet i gyrraedd y tyrban a brwydrodd Klaus i dynnu'r esgid, ond roedd gafael yr hyfforddwr ffiaidd yn rhy gryf.

"Drat!" gwichiodd Sunny.

"Daeth yr amser tynnu coes i ben!" cyhoeddodd Nero. "Diolch am egwyl o adloniant. Da bo chi, blant! Mwynhewch eich brecwast heb lwy na fforc na dim! Nawr 'te, Genghis yr Hyfforddwr, beth alla i 'neud i chi?"

"Wel, Nero," meddai Genghis. "Ro'n i jest am roi'r rhosyn 'ma i chi – anrheg fechan i ddiolch am y cyngerdd anhygoel neithiwr!"

"O, diolch yn fawr," meddai Nero gan gymryd y rhosyn oddi wrtho a'i wynto'n dda. "Ro'n i *yn* anhygoel, on'd o'n i?"

"*Perffeithrwydd!*" meddai Genghis. "Pan chwaraeoch chi'ch sonata am y tro cyntaf, fe deimlais y peth i'r byw. Yr eildro, daeth dagrau i'm llygaid. Ar y trydydd perfformiad, fe wylais yn afreolus. Roedd y pedwerydd fel ymosodiad dwys ar fy synhwyrau. Gyda'r pumed ..."

Chlywodd y Baudelairiaid ddim beth oedd effaith y pumed arno, oherwydd erbyn hynny roedd drws Nero wedi cau'n glep y tu cefn iddynt. Edrychodd y tri ar ei gilydd yn syfrdan. Roedden nhw wedi dod mor agos at ddatgelu cuddwisg Genghis yr Hyfforddwr – ond nid yn ddigon agos, gwaetha'r modd.

Yn anfodlon eu byd, aethant o'r adeilad gweinyddol i'r ffreutur. Daeth yn amlwg fod Nero eisoes wedi gadael i'r gweithwyr yno wybod nad oedden nhw i gael unrhyw offer bwyta. Pan ymunodd Violet a Klaus â'r ciw oedd yn aros am fwyd, chawson nhw ddim cyllyll na ffyrc na llwyau. Trwy lwc, nid uwd oedd i frecwast, ond fyddai bwyta ŵy wedi'i sgramblo ddim yn hawdd chwaith.

"Na hidiwch," meddai Isadora pan sleifiodd y plant i'w seddau yn ymyl y Dwfngorsiaid. "Gall Klaus a finne rannu'r offer ac fe gei di, Violet, rannu 'da Duncan. Nawr 'te, beth ddigwyddodd yn swyddfa Nero?"

"Fe gyrhaeddodd Genghis yn syth ar ein holau ni," bu'n rhaid i Violet gyfaddef, "ac wrth gwrs, doedden ni ddim am iddo wybod ein bod ni'n gwbod pwy yw e."

Tynnodd Isadora ei llyfryn nodiadau o'i phoced a darllenodd yn uchel i'w ffrindiau:

"Dyna dda fyddai clywed bod lorri fawr
Wedi dod a bwrw Genghis yr Hyfforddwr i'r llawr".

"Dyna fy ngherdd ddiweddaraf," meddai wedyn. "Dyw hi'n datrys dim ar y broblem, ond ro'n i'n meddwl falle yr hoffech chi ei chlywed p'run bynnag."

"Rwy'n hoffi'r gerdd yn fawr," barnodd Klaus. "Ac fe fyddai'n dda yn wir i glywed bod lorri fawr wedi dod o rywle. Ond dwi'n amau'n fawr a ddaw un byth."

"Rhaid inni feddwl am rywbeth arall 'te," meddai Duncan, gan estyn ei fforc i Violet.

"Ac ar frys," ychwanegodd Violet. "Fydd Iarll Olaf byth yn oedi'n hir cyn rhoi ei gynlluniau erchyll ar waith."

"Cosbal!" gwichiodd Sunny.

"Ydy Sunny'n golygu 'Mae gen i syniad'?" gofynnodd Isadora. "Rwy'n gwneud 'y ngore glas i ddeall beth mae'n ddweud."

"Rwy'n meddwl ei bod hi'n ceisio dweud rhywbeth fel 'Dacw Carmelita Sbats'," meddai Klaus, gan bwyntio at y ferch a oedd yn cerdded tuag atynt ar draws y ffreutur gyda'i gwên fawr smỳg.

"Helô, falwod dan draed," meddai honno. "Mae gen i neges i chi oddi wrth Genghis yr Hyfforddwr. Fi yw ei Negesydd Arbennig, achos fi yw'r ferch harddaf, hynawsaf a hyfrytaf yn yr ysgol gyfan."

"O, dyna ddigon o frolio, wir," meddai Duncan.

"Cenfigennus wyt ti, 'na i gyd," atebodd Carmelita, "achos mae'n well 'da Genghis yr

Hyfforddwr fi na ti."

"Waeth gen i pwy yw ffefryn Genghis yr Hyfforddwr," meddai Duncan. "Dwed dy neges a cher o'ma, wir."

"Dyma'r neges," meddai Carmelita. "Mae'r tri amddifad Baudelaire i fynd at y lawnt flaen heno, yn syth 'rôl swper."

"Ar ôl swper?" meddai Violet. "Ond ar ôl swper, ry'n ni i fod i fynd i wrando ar ddatganiad Nero ar y ffidl."

"Dyna'r neges," mynnodd Carmelita. "Fe ddywedodd e y byddwch chi mewn trwbl ofnadwy os na fyddwch chi'n troi lan. Felly, 'taswn i'n ti, Violet …"

"*Nid* ti yw Violet, diolch byth," torrodd Duncan ar ei thraws. Peth anghwrtais iawn yw torri ar draws rhywun, wrth gwrs, ond weithiau, pan fydd person yn sobor o annymunol, mae'n anodd peidio. "Diolch am y neges. Da bo ti."

"Mae'n arferol rhoi cildwrn i Negesydd Arbennig," dywedodd Carmelita.

"Gei di lond dwrn o ŵy wedi'i sgramblo," meddai

Isadora, “os na wnei di adael llonydd i ni’r munud ’ma.”

“Dwyt ti’n ddim byd ond hen falwen dan draed,” meddai Carmelita’n wenwynllyd wrth adael y Baudelairiaid a’r Dwfngorsiaid.

“Peidiwch â phoeni,” meddai Duncan, ar ôl gwneud yn siŵr fod Carmelita’n ddigon pell i ffwrdd. “Bore yw hi o hyd. Ma ’dan ni drwy’r dydd i geisio dyfalu beth i’w wneud. Cymer lwyaid arall o ŵy, Violet.”

“Dim diolch,” atebodd hithau. “’Sgen i fawr o awydd bwyd.” Ac roedd hynny’n wir. Doedd fawr o awydd bwyd ar yr un o’r Baudelairiaid. Yn un peth, nid ŵy wedi’i sgramblo oedd ffefryn yr un ohonynt – yn enwedig Sunny, a oedd yn hoffi rhywbeth y medrai hi gnoi arno – ond yn y bôn, nid yr wyau oedd ar fai o gwbl.

Genghis yr Hyfforddwr oedd ar fai, go iawn, wrth gwrs. A’r syniad fod yn rhaid iddyn nhw gwrdd â hwnnw ar y lawnt ar ôl swper, ar eu pennau eu hunain. Mae’n wir fod Duncan wedi tynnu sylw at y ffaith mai bore oedd hi o hyd, a bod ganddyn nhw drwy'r dydd i feddwl beth ddylen nhw ei wneud, ond doedd hi ddim yn teimlo fel bore bellach.

Wrth i Violet, Klaus a Sunny eistedd yn y ffreutur heb fwyta briwsionyn arall, roedd hi'n ymddangos fel petai'r haul wedi machlud yn barod a bod Genghis yr Hyfforddwr eisoes yn aros amdanynt. Dim ond y bore oedd hi, a synhwyrai'r Baudelairiaid eu bod nhw eisoes yn ei grafangau.

PENNOD
Saith

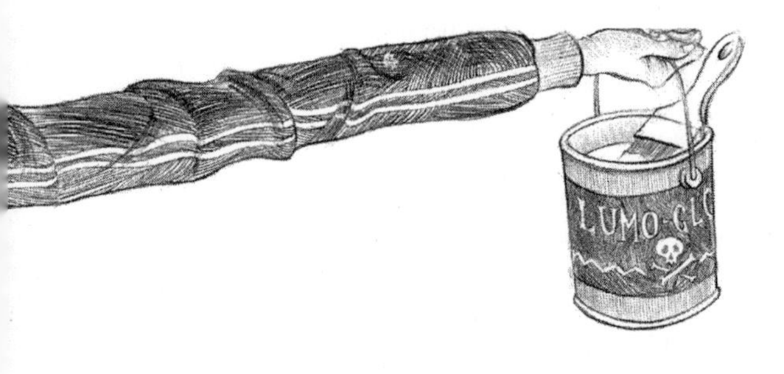

Dyddiau ysgol arbennig o anghynnes fu rhai'r Baudelairiaid – ac yma mae'r gair yn golygu bod storïau Mr Remora'n arbennig o ddiflas, bod obsesiwn Mrs Bass gyda'r system fetrig yn arbennig o annifyr, a bod gofynion gweinyddol Nero yn arbennig o anodd. Ond prin y sylwodd y plant ar hynny.

O edrych ar Violet yn eistedd wrth ei desg ysgol, fe allech chi'n hawdd dybio mai canolbwyntio'n galed ar waith ysgol yr oedd hi, oherwydd roedd rhuban wedi'i glymu ar ei phen i gadw'i gwallt o'i llygaid. Ond roedd meddyliau Violet ymhell bell o storïau diflas Mr Remora. Y rheswm iddi glymu rhuban yn ei gwallt oedd i ganolbwyntio ar y broblem a wynebai'r Baudelairiaid, nid i wrando ar siarad syrffedus y dyn bananas ym mlaen y dosbarth.

Y bore hwnnw, roedd Mrs Bass wedi dod â llond bocs o bensiliau i'r dosbarth ac roedd hi am i'r plant fesur pa rai oedd y rhai hiraf a pha rai oedd y rhai byrraf. Petai hi wedi taro golwg ar Klaus yn lle gweiddi, "Mesurwch!" drwy'r amser, byddai wedi tybio bod hwnnw'n rhannu'i hobsesiwn gyda mesuriadau, achos edrychai'n ddwys ac yn ddifrifol iawn. Ond nid canolbwyntio ar fesur y pensiliau oedd Klaus. Gallai wneud hynny heb feddwl, gan ganolbwyntio yn lle hynny ar geisio gofio pa lyfrau a ddarllenodd e erioed a allai fod yn ddefnyddiol i'r Baudelairiaid yn eu sefyllfa bresennol.

A phetai'r Is-brifathro Nero wedi cymryd hoe o'i ymarferiadau diddiwedd ar y ffidl i gymryd golwg ar Sunny, fe allai'n hawdd fod wedi meddwl ei bod hithau hefyd yn brysur wrth ei gwaith. Treuliodd y bore'n teipio, yn staplo ac yn llyfu stampiau'n ddi-stop – roedd Nero wedi llunio sawl llythyr at wneuthurwyr losin yn gadael iddyn nhw wybod ei farn ar eu cynnyrch. Ond er ei bod hi'n edrych fel petai hi'n brysur wrth ei gwaith ysgrifenyddol, roedd meddwl Sunny mewn gwirionedd ar rywbeth gwahanol iawn, sef neges Genghis yr Hyfforddwr.

Yn rhyfedd ddigon, doedd dim golwg o'r Dwfngorsiaid yn y ffreutur amser cinio, a bu'n rhaid i'r Baudelairiaid fynd i'r afael â'u sbageti gyda'u dwylo. Doedd hynny ddim yn hawdd, ond roedd meddwl am gwrdd â Genghis ar ôl swper hyd yn oed yn fwy anodd. Heb i'r un ohonyn nhw orfod dweud fawr ddim, fe wydden nhw nad oedd neb wedi dod o hyd i ateb. Wyddai neb pam oedd e am eu gweld ar adeg mor od, a doedd neb wedi meddwl am ffordd dda o osgoi mynd.

Treuliodd y tri y prynhawn yn gwneud yr hyn a wnaethon nhw yn y bore, fwy neu lai – sef anwybyddu storïau Mr Remora, pensiliau Mrs Bass a staplau diflanedig Nero. Ar ddechrau'r wers ymarfer corff, cyhoeddodd un o ffrindiau anystywallt Carmelita y byddai Genghis yn dechrau ar ei waith drannoeth, ond am heddiw roedd pawb i redeg o gwmpas y lawnt fel ffyliaid. Gwnaeth y Baudelairiaid hynny heb feddwl, gyda phen pob un ohonynt yn troi mewn tawelwch, wrth geisio dychmygu beth allen nhw ei wneud.

Pan ddaeth hi'n amser swper, eisteddodd y Dwfngorsiaid gyferbyn â'r tri gan dorri ar y tawelwch trwy ddweud gyda'i gilydd, "'Dan ni wedi datrys eich problem."

"Mowredd Dad!" meddai Violet. Fel ei chwaer a'i brawd, teimlai fwy o sioc nag o ryddhad, a rhaid fod hynny i'w glywed yn ei llais oherwydd fe ddywedodd Duncan, "Ro'n i'n meddwl y byddech chi'n falch. Wedi'r cwbl, 'dan ni wedi datrys eich problem."

"Mae hynny'n sioc *ac* yn rhyddhad," meddai Klaus. "Ond beth sy 'da chi mewn golwg? 'Dan ni'n tri wedi bod yn pendroni dros y sefyllfa drwy'r dydd, heb lwyddo i ddatrys dim. Wyddon ni ddim beth yw cynllun Olaf, er ein bod ni'n siŵr fod rhyw ddrwg ar y gweill ganddo. A does 'da ni ddim syniad sut allwn ni osgoi cwrdd ag e heno, er ein bod ni'n credu'n gryf ei fod e am wneud rhywbeth ofnadwy i ni."

"Ar y dechrau, ro'n i'n meddwl ei fod e am ein

herwgipio ni," meddai Violet, "ond fydde dim angen cuddwisg arno fe i 'neud hynny."

"Ac ar y dechrau, ro'n i'n meddwl y dylen ni ffonio Mr Poe wedi'r cwbl," meddai Klaus. "Ond os yw Iarll Olaf yn gallu twyllo cyfrifiadur blaengar, mater hawdd fydde twyllo bancwr cyffredin iawn."

"Toricia!" cytunodd Sunny.

"Buodd Duncan a finne'n meddwl am y peth drwy'r dydd hefyd," meddai Isadora. "Fe lenwes i bum tudalen a hanner o'm llyfr nodiadau gyda gwahanol bosibiliadau, ac mae rhestr Duncan wedi llenwi tair."

"Mae fy llawysgrifen i'n llai," eglurodd Duncan, wrth iddo basio'i fforc i Violet fel y gallai hi fwyta'r swper ar ei phlât.

"Cyn cinio," aeth Isadora yn ei blaen, "fe wnaethon ni gymharu nodiadau ac roedd y ddau ohonon ni wedi cael yr un syniad. Felly, fe aethon ni bant i'w roi ar waith."

"Dyna pam doedden ni ddim yma i ginio," eglurodd Duncan. "Fe welwch y pyllau o ddiod sydd ar ein hambyrddau ni yn lle gwydrau."

"Fe gewch chi rannu'n gwydrau *ni*," meddai Klaus, gan estyn ei wydryn ef i Isadora, "yn union fel ry'n ni'n rhannu'ch cyllyll a ffyrc chi. Ond beth yw'r cynllun? Be fuoch chi'n 'i neud?"

Edrychodd Duncan ac Isadora ar ei gilydd, cyn closio at y Baudelairiaid, rhag ofn fod rhywun yn gwrando. "Fe agoron ni ddrws cefn yr awditoriwm – a'i adael ar agor," meddai Duncan, cyn iddo fe a'i chwaer eistedd yn ôl yn eu seddau drachefn gan edrych yn fodlon iawn eu byd.

Doedd y Baudelairiaid ddim yn edrych yn fodlon iawn eu byd. Golwg wedi drysu oedd ar eu hwynebau nhw. Roedden nhw'n gwerthfawrogi'r ffaith i'w ffrindiau dorri'r rheolau a hepgor eu gwydrau yfed er mwyn eu helpu, ond fedren nhw yn eu byw weld beth oedd i'w ennill o gadw drws yr awditoriwm ar agor.

"Mae'n flin 'da fi," meddai Violet ar ôl oedi am eiliad, "ond dw i ddim yn deall."

"W, mae'n syml!" atebodd Isadora. "Heno, ry'n ni'n mynd i eistedd yng nghefn yr awditoriwm. Unwaith y bydd Nero'n dechrau ei gyngerdd, fe sleifiwn ni allan a mynd draw at y lawnt. Wedyn, fe fyddwn ni'n gallu cadw llygad arnoch chi a Genghis yr Hyfforddwr. Os gwelwn ni fod rhyw ddrygioni ar droed, fe redwn ni'n ôl i ddweud wrth yr Is-brifathro Nero."

"Cynllun perffaith, 'dych chi ddim yn cytuno?" gofynnodd Duncan. "Rwy'n falch iawn o frêns fy chwaer a finne, er 'mod i'n dweud hynny fy hunan."

Edrych ar ei gilydd yn llawn amheuon a wnaeth y Baudelairiaid. Gan nad oedden nhw wedi meddwl am ddim byd eu hunain, go brin y gallen nhw feirniadu'r Dwfngorsiaid, a doedden nhw'n bendant ddim am siomi eu ffrindiau, ond roedd Iarll Olaf yn ddyn *mor* ddrwg a chyfrwys, fedren nhw ddim llai na chredu mai cynllun gwan iawn oedd cadw drws ar agor a sleifio draw i weld pa ddrygioni oedd ganddo ar y gweill. Doedd hynny ddim yn debygol iawn o achub neb.

"Ry'n ni'n gwerthfawrogi'ch ymdrechion chi," dywedodd Klaus yn dyner, "ond dyn twyllodrus iawn yw Iarll Olaf. Dw i ddim am ichi wynebu unrhyw berygl o'n hachos ni."

"Paid â siarad shwt ddwli," meddai Isadora'n

gadarn. "Chi'ch tri sydd mewn perygl, ac mae lan i ni eich helpu. Does arnon ni ddim ofn yr Iarll Olaf 'ma. Ac rwy'n siŵr y gwnaiff y cynllun weithio."

Edrychodd y Baudelairiaid ar ei gilydd unwaith eto, gan sylweddoli bod y Dwfngorsiaid yn ddewr iawn i beidio ag ofni Iarll Olaf. Ond fedren nhw ddim llai nag amau na ddylai'r ddau efaill fod mor ddewr. Roedd Olaf yn ddyn mor ddychrynllyd o ddrwg, y peth doethaf i'w wneud oedd ei ofni.

Ond gwerthfawrogai'r plant ymdrechion y Dwfngorsiaid cymaint, ddywedon nhw ddim rhagor am y peth. Dros y blynyddoedd sydd i ddod, byddai'r Baudelairiaid yn difaru hyn yn fawr iawn – yr un tro hwn pan benderfynon nhw ddweud dim rhagor am y peth.

Yn lle hynny, fe aeth y pump ymlaen i rannu llestri ac offer bwyta ac i drafod pethau eraill. Fe fuon nhw'n trafod ffyrdd eraill o wella Cwt yr Amddifaid, pynciau gwahanol y gallen nhw ddarllen amdanynt yn y llyfrgell, a'r ffordd orau o helpu Sunny gyda phroblem y staplau. Cyn pen dim, roedd amser swper ar ben. Aeth y Dwfngorsiaid i'r cyngerdd, gan addo sleifio drwy'r drws cefn cyn gynted â phosib, tra aeth y Baudelairiaid i gyfeiriad y lawnt o flaen yr ysgol.

Roedd pelydrau ola'r haul yn taflu cysgodion hir y tri wrth iddyn nhw gerdded, fel petai'r Baudelairiaid wedi cael eu hymestyn yn hir a thenau ar draws y borfa frown gan ryw beiriant arswydus. Wrth weld eu cysgodion, a edrychai mor ddi-ddim â stribedi llwyd o bapur, dyheai'r tri am gael gwneud rhywbeth arall – *unrhyw beth* – ar wahân i orfod cwrdd â Genghis yr Hyfforddwr. Roedden nhw'n dyheu am gael cerdded yn eu blaenau, o dan y bwa, ar draws y lawnt ac allan i'r byd mawr. Ond i ble gallen nhw fynd? Tri amddifad oedden nhw, ar eu pennau eu hunain yn y byd. Roedd eu rhieni wedi marw. Roedd y bancwr oedd i fod i ofalu amdanynt yn rhy brysur i wneud hynny'n iawn. A'r unig ffrindiau oedd ganddynt oedd dau amddifad arall yr oedden nhw'n gobeithio'n fawr iawn eu bod nhw wedi dianc o'r awditoriwm erbyn hyn ac ar eu ffordd i weld beth oedd ar fin digwydd.

Arhosai Genghis yr Hyfforddwr amdanynt ar y lawnt. Wrth i'r Baudelairiaid nesu tuag ato, fe allen nhw weld bod cysgod y tyrban am ei ben yn edrych fel twll mawr ar y lawnt. "Chi'n hwyr," meddai wrthyn nhw yn ei lais gwichlyd. Wrth iddyn nhw gyrraedd ato, gallai'r plant weld fod ei ddwylo y tu ôl i'w gefn, fel petai'n cuddio rhywbeth. "Y gorchymyn a roddwyd i chi oedd dod yma'n syth ar ôl swper, a chi'n hwyr."

"Mae'n flin iawn 'da ni," meddai Violet, gan geisio ymestyn ei gwddf i gael cip ar beth bynnag roedd e'n ei guddio. "Heb gyllyll na ffyrc, fe gymerodd hi'n hirach nag arfer i fwyta swper."

"Twpsod!" meddai Genghis. "Fe ddylech chi fod wedi benthyg rhai gan rywun arall."

"Wnaethon ni ddim meddwl am 'ny," meddai Klaus, gan ddweud yr hyn sy'n cael ei alw'n "gelwydd golau". Celwydd sydd mor hurt, neu sydd mor gwbl groes i'r dystiolaeth fel ei fod bron yn amlwg mai celwydd yw e, yw "celwydd golau". "Dyna ddyn deallus 'ych chi," ychwanegodd.

"Nid yn unig rydw i'n ddeallus," cytunodd Genghis, "rwy hefyd yn glyfar iawn. Nawr 'te, dewch inni ddechrau arni. Rhaid bod hyd yn oed plant twp iawn fel chi'n cofio'r hyn a ddywedais i am goesau amddifaid – rhai da dros ben ar gyfer rhedeg. Chi'n cofio? Dyna pam eich bod chi ar fin dechrau ymarferion Rhedeg Ychwanegol i Blant Amddifad Twp – neu Rh.Y.B.A.T."

"Wa-coco!" gwichiodd Sunny.

"Mae fy chwaer yn meddwl bod hynny'n swnio'n ddiddorol iawn," meddai Violet – a oedd yn gelwydd golau arall, achos yr hyn a ddywedodd hi mewn gwirionedd oedd "'Se'n dda 'da fi wybod beth yn *union* yw dy gêm di, Genghis."

"Da gweld eich bod chi'n frwdfrydig," meddai Genghis. "Weithiau, mae bod yn frwdfrydig yn gwneud iawn am fod yn dwp." Tynnodd ei ddwylo o'r tu cefn iddo a gallai'r plant weld ei fod yn cario tun mawr metel a brwsh hir garw. Roedd y tun ar agor, a gloywai rhywbeth gwyn ar ei wyneb. "Cyn y gallwn ni ddechrau Rh.Y.B.A.T. bydd angen trac rhedeg arnon ni. Paent llewychol yw hwn – sy'n golygu ei fod yn gloywi yn y tywyllwch."

"'Na ddiddorol," meddai Klaus, er ei fod yn gwybod ystyr y gair "llewychol" er dwy flynedd a hanner.

"Os wyt ti'n gweld hynny'n ddiddorol," meddai Genghis, gyda'i lygaid mor llewychol â'r paent, "fe gei di fod yn gyfrifol am y brwsh. *Cymer* e!" Gwthiodd goes y brwsh hir garw i ddwylo Klaus. "Gallwch chi, ferched, ddal y tun iddo. Rwy am ichi beintio cylch mawr ar y borfa er mwyn i chi allu gweld eich ffordd wrth redeg o'i gwmpas. Bant â chi. Siapwch hi!"

Edrychodd y Baudelairiaid ar ei gilydd. Roedden nhw'n gallu gweld ei gilydd yn iawn yng ngolau'r lleuad, ond doedden nhw ddim yn gallu gweld pa gynllun oedd ar droed gan Genghis. Serch hynny, fe benderfynon nhw mai gwell fyddai dilyn ei orchmynion am y tro. Doedd peintio cylch mawr llewychol ar y lawnt ddim yn ymddangos yn beryglus iawn, felly cododd Violet y tun a rhoddodd Klaus ben y brwsh ynddo, i ddechrau ar y gwaith. Gan nad oedd dim byd arall iddi ei wneud, cropian yn eu hymyl a wnaeth Sunny, gan eu cefnogi drwy roi ambell wich garedig.

"Mwy o faint!" gwaeddodd Genghis o'r tywyllwch. "Lletach!" Wrth gerdded ymhellach oddi wrtho, ufuddhaodd y Baudelairiaid, gan wneud y cylch yn lletach ac yn fwy o faint. Fe edrychon nhw i ddiflastod y nos, gan geisio dyfalu tybed ble roedd y Dwfngorsiaid yn cuddio, neu a oedden nhw hyd yn oed wedi llwyddo i adael y cyngerdd. Ond roedd hi'n dywyll nawr, a'r unig beth a welai'r amddifaid ar y lawnt oedd Genghis yn y pellter, ei dyrban yn edrych fel penglog wen yn y düwch. "Mwy o faint! Lletach! O'r gorau, mae'n ddigon mawr a llydan nawr. Gorffennwch y cylch yn ôl fan hyn lle dwi'n sefyll! Siapwch hi!"

"Beth feddyli di 'dan ni'n 'i neud *go iawn*?" sibrydodd Violet wrth ei brawd.

"Wn i ddim," atebodd Klaus. "Tri neu bedwar llyfr a ddarllenais i erioed am baent. Gall rhai mathau o baent fod yn wenwynig, mi wn i hynny, ond dyw Genghis ddim yn gwneud inni fwyta'r cylch. Felly, 'sda fi ddim syniad."

Roedd Sunny am ychwanegu "Gargaba!" sy'n golygu "Falle fod y paent llewychol yn gweithredu fel math o arwydd llachar", ond roedd y Baudelairiaid wedi creu cylch cyflawn erbyn hynny ac yn rhy agos at Genghis i barhau â'u sgwrs.

"Bydd raid i hynny wneud y tro, blant," meddai Genghis, gan gipio'r tun a'r brwsh o'u dwylo. "Nawr, ewch i'ch safleoedd. Pan fydda i'n chwythu'r chwibanogl, dechreuwch redeg o gwmpas y cylch tan imi weiddi 'Stop'."

"Beth?" meddai Violet. Fel y gwyddoch chi, rwy'n siŵr, mae 'na ddau fath o "Beth?". Ystyr y cyntaf, yn ddigon syml, yw "Esgusodwch fi, ond 'chlywes i mohonoch chi. Allwch chi ddweud hynna eto, os gwelwch yn dda?" Ystyr yr ail yw "Esgusodwch fi. Rwy wedi eich clywed, ond fedra i ddim credu eich bod chi'n golygu'r hyn rydych newydd ei ddweud."

Yr ail ystyr oedd gan Violet mewn golwg yma. Safai'n ddigon agos at y dihiryn i'w glywed yn iawn, ond fedrai hi ddim credu mai'r hyn roedd Genghis am iddyn nhw ei wneud oedd rhedeg o gwmpas mewn cylchoedd. Roedd e'n ddyn mor ffiaidd a dan din, fedrai'r Baudelairiaid ddim credu nad oedd ganddo ddim byd mwy diflas ar eu cyfer nag ymarfer corff cyffredin.

"*Beth?*" meddai Genghis yn wawdlyd. Roedd e'n

amlwg wedi cymryd dalen o lyfr Nero. Doedd Nero erioed wedi ysgrifennu llyfr, wrth gwrs, ond mae'r ymadrodd "cymryd dalen o lyfr" rhywun yn golygu eich bod chi'n dilyn ei esiampl. A'r esiampl hon oedd gwneud hwyl creulon am ben plant trwy ailadrodd popeth a ddyweden nhw. "Fe glywaist ti fi'n iawn, amddifad fach. Nawr, ar eich marciau, a phan fydda i'n chwythu'r chwibanogl, dechreuwch redeg, y tri ohonoch."

"Ond dim ond babi yw Sunny," protestiodd Klaus. "All hi ddim cerdded yn iawn, heb sôn am redeg."

"Fe geith hi gropian ore y gall hi," atebodd Genghis. "Nawr – pawb ar eich marciau. *Ewch!*"

Chwythodd Genghis y chwibanogl a dechreuodd y Baudelairiaid redeg, gan amseru eu hunain fel eu bod nhw'n cydredeg, er y gwahaniaeth yn hyd eu coesau. Fe orffennon nhw un lap, ac yna un arall, ac un arall eto fyth, a phump arall, ac yna saith, cyn gwneud tair arall, ac yna chwech, ac yna fe gollon nhw gyfrif. Drwy'r cyfan, roedd Genghis yr Hyfforddwr yn chwythu'i chwibanogl bob yn awr ac yn y man, neu'n gweiddi pethau hurt a dibwrpas fel "Daliwch ati!"

neu "Lap arall!" Daliodd y plant i edrych ar y cylch paent er mwyn gwneud yn siŵr eu bod nhw'n dilyn y cylch, gan edrych weithiau i weld Genghis yn y pellter ac yna'n ymddangos fel petai'n dod yn nes, cyn iddo ymddangos fel petai'n bell eto ar ôl iddyn nhw fynd heibio iddo. Ac wrth i un lap ddilyn y llall, roedden nhw'n dal i daflu ambell gip i'r tywyllwch, yn y gobaith o weld y Dwfngorsiaid.

Yng nghanol hyn i gyd, byddai'r Baudelairiaid hefyd yn edrych ar ei gilydd ambell waith, heb dorri gair, ddim hyd yn oed pan fydden nhw allan o glyw Genghis. Un rheswm am hyn oedd i beidio â gwastraffu'u hegni. Er eu bod nhw'n weddol heini, doedd y Baudelairiaid erioed wedi rhedeg cymaint o lapiau yn eu byw, a doedd ganddyn nhw ddim digon o anadl ar ôl i drafod dim. Ond rheswm arall am hyn oedd fod Violet wedi dweud popeth oedd i'w ddweud pan ofynnodd hi "Beth?"

Chwythodd Genghis yr Hyfforddwr ei chwibanogl, a rhedodd y plant y naill lap ar ôl y llall o gwmpas y cylch, a thrwy'r amser roedd yr ail fath o "Beth?" yn dal i adleisio ym meddyliau'r tri. Er iddyn nhw glywed Genghis yr Hyfforddwr yn siarad ei ddwli am alluoedd rhedeg amddifaid, doedden nhw ddim yn credu yn Rh.Y.B.A.T. am eiliad. Fe wydden nhw fod rhywbeth llawer gwaeth na rhedeg ar y gweill. Ac wrth i'r Baudelairiaid fynd o gwmpas y cylch llewychol tan i belydrau cynta'r bore ddechrau adlewyrchu oddi ar yr addurn ar dyrban Genghis, yr unig beth a lenwai eu meddyliau oedd "*Beth? Beth? Beth?*"

PENNOD
Wyth

"Beth?" holodd Isadora.

"'O'r diwedd,' dywedes i, 'wrth i'r haul godi, fe ddywedodd Genghis yr Hyfforddwr y caen ni stopio rhedeg a mynd i'n gwelyau'," meddai Klaus.

"Doedd fy chwaer ddim yn holi 'Beth?' am nad oedd hi wedi clywed," eglurodd Duncan. "Yr hyn roedd hi'n ei olygu oedd ei bod hi wedi dy glywed di ond nad oedd hi'n gallu credu'r hyn rwyt ti newydd ei ddweud. A dweud y gwir, prin y galla i gredu hyn chwaith, er imi weld y cyfan â'm llygaid fy hun."

"Alla inne ddim credu hyn chwaith," dywedodd Violet, gan wingo wrth gnoi'r salad roedd y bobl mewn mygydau newydd ei roi iddi'n ginio. Erbyn hyn, roedd hi'n brynhawn drannoeth ac roedd pob un o'r tri Baudelaire yn gwingo'n arw – gair sydd yma'n golygu "tynnu wyneb mewn poen, gofid neu flinder".

A dweud y gwir, nid wynebau'r tri yn unig oedd yn gwingo. Roedd coesau'r tri'n gwingo hefyd ar ôl Rh.Y.B.A.T. y noson cynt. Pan gawson nhw fynd yn ôl i Gwt yr Amddifaid o'r diwedd, roedden nhw wedi blino gormod i roi'r sgidiau swnllyd am eu traed, a felly roedd eu traed yn gwingo hefyd am fod crafangau'r crancod wedi'u cnoi. Ar ben hynny, gwingai pennau'r tri o ddiffyg cwsg, ac roedd ceisio dyfalu pam fod Genghis yr Hyfforddwr am iddyn nhw redeg cymaint yn rheswm arall pam fod cur pen gyda nhw. Roedd eu traed, eu coesau a'u pennau'n brifo – a chyn bo hir fe fyddai cyhyrau eu bochau'n brifo hefyd am fod eu hwynebau'n gwingo cymaint.

Ceisio trafod digwyddiadau'r noson cynt gyda'r Dwfngorsiaid yr oedd y Baudelairiaid, ond doedd gan yr efeilliaid ddim rheswm o gwbl i wingo. Yn un peth, doedden nhw ddim wedi rhedeg o gwmpas y cylch llewychol. Dim ond edrych ar y Baudelairiaid yn gorfod gwneud hynny wnaethon nhw, o gysgod y bwa mawr. Ac yn ail, doedd y ddau ddim wedi bod yno'n cadw gwyliadwriaeth drwy'r nos – un ohonyn nhw'n unig oedd wedi bod yno ar y tro. Tra bod y naill yn cadw llygad ar eu ffrindiau, roedd y llall yn cysgu.

"Y fi oedd ar y sifft olaf," eglurodd Duncan, "felly welodd fy chwaer mo'r Rh.Y.B.A.T. yn dod i ben. Nid bod ots am hynny. Y cyfan a ddigwyddodd oedd i Genghis yr Hyfforddwr roi taw ar y rhedeg a gadael ichi fynd i'r gwely. Fe wnes i amau y byddai'n mynnu eich bod chi'n rhoi eich ffortiwn iddo cyn gadael ichi orffen rhedeg."

"Ac fe wnes innau amau mai rhyw fath o lain lanio ar gyfer hofrenydd fyddai'r cylch llewychol," meddai Isadora, "gydag un o gynorthwywyr Olaf wrth y llyw. Yr unig beth fedrwn i mo'i ddeall oedd pam oedd angen ichi redeg rownd fel'na, un lap ar ôl y llall."

"Ond fel mae'n digwydd, ddaeth 'na'r un hofrenydd na dim," meddai Klaus gan wingo a llyncu llymaid o ddŵr ar yr un pryd.

"Falle mai peilot gwael oedd e," awgrymodd Isadora, "ac iddo fethu gweld y cylch."

"Neu falle fod Genghis wedi blino llawn cymaint â

chi a'i fod wedi anghofio gofyn am y ffortiwn," meddai Duncan.

Ysgydwodd Violet ei phan. "Fydde fe byth yn rhy flinedig i hynny," meddai hi. "Mae e'n brysur yn cynllwynio, rwy'n berffaith siŵr o hynny. Ond alla i ddim meddwl beth mae'n ei gynllwynio."

"Wrth gwrs na fedri di," meddai Duncan. "Ti wedi ymlâdd. Dw i'n falch fod Isadora a fi wedi cadw gwyliadwriaeth mewn sifftiau. 'Dan ni'n mynd i ddefnyddio pob munud sbâr i ymchwilio ymhellach. Fe awn ni drwy'n nodiadau a thwrio eto yn y llyfrgell. Rhaid bod 'na ryw ffordd o ddod o hyd i'r ateb."

"Fe wna innau fwy o waith ymchwil hefyd," meddai Klaus, gan ddylyfu gên. "Rwy'n giamstar ar hynny."

"Dw i'n gwbod dy fod ti," gwenodd Isadora. "Ond nid dyna ddylet ti ei wneud heddiw. Fe weithiwn ni ar geisio datrys dirgelwch Genghis heddiw, tra eich bod chi i gyd yn cysgu. Fedrwch chi wneud fawr o ddim a chithau wedi blino'n lân."

Edrychodd Violet a Klaus ar ei gilydd, ac yna fe edrychon nhw i lawr ar eu chwaer fach, ac roedd hi'n amlwg fod y Dwfngorsiaid yn llygad eu lle. Roedd Violet mor flinedig, ychydig iawn o nodiadau a gymerodd ar storïau hynod o ddiflas Mr Remora. Roedd cymaint o angen cwsg ar Klaus, roedd e wedi mesur gwrthrychau Mrs Bass i gyd yn anghywir. Ac er nad oedd Sunny wedi adrodd gair am weithgareddau ei bore hi, go brin ei bod hi wedi bod yn ysgrifenyddes dda, achos roedd hi wedi syrthio i gysgu, yno yn y ffreutur. Gorweddai ei phen ar y salad, fel petai'n glustog bychan.

Cododd Violet ben ei chwaer yn dyner, gan dynnu darn o domato o'i gwallt. Gwingodd Sunny mewn blinder, gwnaeth sŵn tawel, cwynfanllyd ac aeth yn ôl i gysgu yng nghôl ei chwaer.

"Synnwn i ddim nad ti sy'n iawn, Isadora," meddai Violet. "Fe awn ni drwy'r prynhawn orau ag y gallwn ni a chael noson dda o gwsg heno. Os byddwn ni'n lwcus, darn tawel o gerddoriaeth fydd yr Is-brifathro Nero'n ei chwarae heno yn y cyngerdd ac fe allwn ni gysgu drwy hwnnw hefyd."

Bydd yn amlwg i bawb ohonoch, o'r frawddeg ddiwethaf 'na, pa mor flinedig oedd Violet mewn gwirionedd, achos dyw "os byddwn ni'n lwcus" ddim yn ymadrodd y byddai'r un o'r Baudelairiaid yn ei ddefnyddio'n aml. Mae'r rheswm am hynny'n amlwg: doedd yr amddifaid, wrth gwrs, byth yn lwcus. Deallus, oedden. Swynol, yn sicr. Yn gallu goroesi sefyllfaoedd rhyfeddol o anffodus, heb os. Ond doedden nhw ddim yn blant lwcus, ac felly doedden nhw ddim yn fwy tebygol o ddefnyddio'r ymadrodd "os byddwn ni'n lwcus" nag yr oedden nhw o ddefnyddio'r ymadrodd "os byddwn ni'n ddarnau o seleri". Doedd y naill na'r llall yn addas ar eu cyfer. Petai'r Baudelairiaid yn ddarnau o seleri, nid plant bach mewn perygl mawr fydden nhw. A phetaen nhw wedi bod yn lwcus, fyddai Carmelita Sbats ddim wedi nesáu at eu bwrdd ar yr union eiliad hon i roi neges anffodus arall iddynt.

"Helô, falwod dan draed," meddai honno, "er, o weld y ffasiwn olwg sydd ar wallt y babi hyll 'na, fe ddylwn i ddweud 'malwod mewn salad' yn lle hynny. Mae gen i neges arall i chi oddi wrth Genghis yr Hyfforddwr. Fi yw ei Negesydd Arbennig am mai fi yw'r ferch harddaf, hynawsaf, hyfrytaf yn yr ysgol gyfan."

"Petai hanner hynny'n wir," meddai Isadora, "fyddet ti ddim yn gwneud hwyl am ben babi sy'n cysgu. Ond ta waeth, beth yw'r neges?"

"Mae'n union 'run fath â'r tro diwethaf, fel mae'n digwydd," meddai Carmelita, "ond fe ddyweda i'r cyfan eto rhag ofn eich bod chi'n rhy dwp i gofio. Mae'r tri phlentyn Baudelaire i fynd i'r lawnt o flaen yr ysgol yn syth ar ôl swper."

"Beth?" holodd Klaus.

"Wyt ti'n fyddar yn ogystal â bod yn falwen dan draed?" gofynnodd Carmelita. "Fe ddywedes i …"

"Ie, ie! Fy glywodd Klaus yn iawn," torrodd Isadora ar ei thraws yn gyflym. "Nid 'Beth?' yn yr ystyr 'na yr oedd e'n 'i feddwl. 'Dan ni wedi derbyn y neges, Carmelita. Gei di fynd nawr."

"Dyna'r ail gildwrn sydd arnoch chi i fi," meddai Carmelita wrth gerdded i ffwrdd yn fawreddog.

"Alla i ddim credu'r peth," meddai Violet. "Mwy o redeg! Mae 'nghoesau i'n gwingo digon fel ag y mae hi."

"Soniodd Carmelita 'run gair am redeg," meddai

Duncan. "Heno fydd Genghis yr Hyfforddwr yn rhoi ei wir gynllun ar waith, falle. Sut bynnag y bydd hi, fe sleifiwn ni o'r cyngerdd i gadw llygad arnoch chi."

"Mewn sifftiau," ychwanegodd Isadora, gan nodio'i phen i gytuno. "Ac mi fetia i y bydd 'da ni ddarlun cliriach o'i fwriadau erbyn hynny." Ac yna, agorodd ei llyfr nodiadau ar dudalen arbennig a darllen:

"Faudelairiaid annwyl, mae cynllwyn 'rhen Genghis
Yn ymddangos yn gudd,
Ond daw'r Dwfngorsiaid dewr unrhyw funud
I achub y dydd."

"Diolch," meddai Klaus, gan wenu'n flinedig i ddangos ei werthfawrogiad. "Mae 'nwy chwaer a finne'n hynod ddiolchgar i chi am eich help. Ac fe fyddwn ni'n breuddwydio am atebion, hyd yn oed os 'yn ni wedi blino gormod i wneud gwaith ymchwil. Os byddwn ni'n lwcus, gyda'n gilydd fe allwn ni drechu Genghis yr Hyfforddwr, falle."

Dyna fe eto, yr ymadrodd "os byddwn ni'n

lwcus" yn dod o enau un o'r Baudelairiaid, ac unwaith eto, byddai wedi bod yn llawn cystal dweud "os byddwn ni'n ddarnau o seleri". Yr unig wahaniaeth oedd nad oedd ar y Baudelairiaid awydd yn y byd i fod yn ddarnau o seleri. Petaen nhw'n ddarnau o seleri, mae'n wir na fydden nhw'n amddifad. Planhigyn yw seleri, fel y gwyddoch chi, a does gan blanhigion ddim rhieni. Os nad oes gan ddarn o seleri rieni, does dim modd iddo golli mam a thad mewn tân ofnadwy – a dyna pam nad oes modd i ddarnau o seleri fod yn amddifad. Ond fe all pethau digon anffodus ddigwydd i seleri hefyd, cofiwch. Mae modd ei dorri'n fân a'i roi mewn dŵr berwedig. Neu mae modd ei fwyta'n amrwd, heb ei ferwi. Neu os yw'r ffermwr sy'n ei dyfu'n ddiog ac yn ei adael yn y pridd, fe all bydru yno yn y glaw, heb i neb ei fwyta byth, naill ai wedi'i goginio neu'n amrwd.

Oherwydd hyn i gyd, petaech chi wedi gofyn i'r Baudelairiaid a oedden nhw am fod yn ddarnau o seleri, fe fydden nhw wedi dweud na, heb amheuaeth. Ond roedden nhw am fod yn lwcus. Doedden nhw ddim o reidrwydd am fod yn arbennig o lwcus, fel rhywun sy'n dod o hyd i drysor neu'n ennill cyflenwad oes o hufen iâ, neu'r dyn arbennig, arbennig o lwcus hwnnw – nid y fi, gwaetha'r modd – a fu'n ddigon lwcus i briodi fy anwylaf Beatrice a byw gyda hi drwy gydol ei hoes fer.

Ond roedd y Baudelairiaid yn dyheu am gael ychydig o lwc dda. Digon i'w galluogi nhw i ddarganfod sut oedd dianc rhag crafangau Genghis yr Hyfforddwr. Roedd hi'n ymddangos mai dim ond mymryn o lwc a allai eu hachub. Roedd Violet wedi blino gormod i ddyfeisio dim. Roedd Klaus wedi blino gormod i ddarllen dim. Ac roedd Sunny, oedd yn dal i gysgu'n sownd yng nghôl ei chwaer, wedi blino gormod i gnoi dim byd na neb. Roedd hi'n ymddangos i'r tri – hyd yn oed gyda help y tripledi Dwfngors – y byddai angen dogn go dda o lwc arnyn nhw. Wrth iddyn nhw gwtsho at ei gilydd yn y ffreutur, yn oer drybeilig ac yn gwingo drostynt, credai'r Baudelairiaid fod angen lwc arnyn nhw nawr yn fwy nag ar unrhyw adeg arall yn eu bywydau.

PENNOD

Naw

O bryd i'w gilydd, daw rhai o'r profiadau sy'n digwydd i ni'n gliriach yn ein meddwl trwy lygad profiad. Fel arfer, mae gweld pethau "trwy lygad profiad" yn golygu bod rhywfaint o amser wedi mynd heibio ers y profiad hwnnw, ac felly ein bod ni'n gallu gweld y darlun yn fwy cyflawn. Er enghraifft, fydd gan fabi sydd newydd ei eni ddim syniad beth yw pwrpas llenni ac am fisoedd cyntaf ei oes, mae'n siŵr gen i, bydd yn gorwedd yno yn ei grud yn ceisio dyfalu pam fod Mami a Dadi wedi hongian darnau o ddefnydd dros y ffenestri. Wrth i'r baban dyfu, daw i ddeall yn araf pam fod llenni'n ddefnyddiol. Daw i ddysgu'r gair "llenni" a sylweddoli bod llenni'n cadw goleuni allan er mwyn ei helpu i gysgu a chadw'r ystafell yn glyd. Yn ara deg, o weld pethau "trwy lygaid profiad" mae'n dod i ddeall y sefyllfa.

Fodd bynnag, roedd rhaglen Rh.Y.B.A.T. Genghis yr Hyfforddwr yn parhau'n ddirgelwch, gwaetha'r modd, a doedd y rheswm dros y cyfan ddim yn dod fymryn yn gliriach o'i weld trwy lygad profiad y Baudelairiaid. Os rhywbeth, roedd yn mynd yn fwy ac yn fwy anodd i'w ddeall wrth i'r dyddiau – ac yn waeth byth, y nosweithiau – fynd heibio.

Ar ôl derbyn yr ail neges honno gan Carmelita Sbats, treuliodd Violet, Klaus a Sunny weddill y prynhawn yn dychmygu beth fyddai Genghis am iddyn nhw ei wneud y noson honno. Ceisio dychmygu hynny a wnaeth y tripledi Dwfngors hefyd. Ar ôl swper, aeth y Baudelairiaid i gwrdd â Genghis ar y lawnt unwaith eto, ac yn fuan wedyn, llwyddodd y ddau i sleifio trwy ddrws cefn yr awditoriwm. Synnwyd y pump ohonynt pan orchmynnodd yr hyfforddwr yr amddifaid i redeg, gan chwythu'i chwibanogl fel arwydd iddynt ddechrau.

Fesul un ar y tro, llechodd y Dwfngorsiaid wrth y bwa drachefn i weld eu ffrindiau'n ufuddhau, ac yng nghanol eu syndod roedd yna ryddhad nad oedd dim byd mwy sinistr wedi digwydd iddyn nhw. O ran y tri a oedd yn rhedeg, roedden nhw wedi ymlâdd cyn dechrau ac yn rhy flinedig i sylwi ar ddim. Doedden nhw ddim hyd yn oed yn gallu clywed llais gwichlyd Genghis yn gweiddi "Daliwch ati!" a "Lap arall!" uwchlaw sŵn eu calonnau'n curo'n gynt a chynt. Roedden nhw mor chwyslyd, fe fydden nhw wedi rhoi holl ffortiwn y Baudelairiaid am gawod braf.

Lap ar ôl lap, heb yngan gair, fe redodd y tri o gwmpas y cylch gan gadw'u llygaid ar y llawr drwy'r amser, yn dilyn y paent llewychol wrth fynd rownd a rownd. Wrth iddi nosi, y llinell lewychol hon oedd rhan waetha'r profiad iddynt, bron. Roedd llewyrch y llinell wen wedi'i argraffu ar eu llygaid, fel petai'n eu dallu i bopeth arall, hyd yn oed wrth rythu i'r tywyllwch.

Os tynnodd rhywun ffotograff ohonoch chi erioed gan ddefnyddio fflach, fe fyddwch chi efallai'n cofio'r fflach o olau sydyn a arhosodd o flaen eich llygaid am rai eiliadau ar ôl i'r llun gael ei dynnu. Ac os felly, fe fyddwch chi'n deall sut brofiad oedd e i'r Baudelairiaid. Yr unig wahaniaeth fan hyn yw fod y cylch gwyn a oedd yn llygaid y plant yn barhaol yn cymryd arno rhyw ystyr symbolaidd, bron. Mae "symbolaidd" yma'n golygu ei fod e'n arwydd o rywbeth mwy nag ef ei hun – a'r peth hwnnw oedd y rhif sero. Chwyrlïodd y sero llewychol trwy feddyliau'r tri, yn symbol o'r hyn a wydden nhw am eu sefyllfa bresennol – sef dim. Wydden nhw ddim beth oedd ar y gweill gan Genghis. Wydden nhw ddim pam eu bod nhw'n rhedeg yn ddiddiwedd fel hyn. A doedd ganddyn nhw ddim egni ar ôl i feddwl.

O'r diwedd, dechreuodd yr haul godi ar fore arall, a chafodd tîm rhedeg Genghis yr Hyfforddwr stopio rhedeg. Baglodd y tri'n ôl i Gwt yr Amddifaid, yn rhy flinedig i weld a ddalien nhw gip ar y Dwfngorsiaid yn sleifio'n ôl i'w hystafelloedd cysgu hwythau. Fel y noson cynt, fedren nhw ddim goddef meddwl am newid i'w sgidiau swnllyd, felly'r cyfan a wnaethon nhw oedd llusgo'u traed drwy'r crancod at eu pentyrrau gwair.

Dwy awr o gwsg a gawson nhw, cyn gorfod dechrau ar ddiwrnod arall ych a fi. Ac rwy'n gwingo wrth orfod dweud wrthych nad hwnnw fyddai eu diwrnod olaf ych a fi chwaith. Ar ôl hanner cysgu eu ffordd drwy wersi a gwaith ysgrifenyddol y bore, daeth Carmelita Sbats atynt amser cinio gyda'i neges arferol.

Gorffwysodd y Baudelairiaid eu pennau ar y bwrdd o'u blaen yn y ffreutur, am eu bod nhw bron â drysu wrth feddwl am noson arall o redeg un lap ar ôl y llall o gwmpas y cylch 'na. Ceisiodd y Dwfngorsiaid eu cysuro trwy addo y bydden nhw'n dyblu eu hymdrechion, ond roedd Violet, Klaus a Sunny'n rhy flinedig i sgwrsio, hyd yn oed gyda'u ffrindiau gorau. Trwy lwc, roedd eu ffrindiau gorau'n deall hynny i'r dim a doedden nhw ddim yn gweld yn chwith.

Mae'n anodd credu i'r Baudelairiaid lwyddo i fyw drwy noson arall o Rh.Y.B.A.T., ond ar adegau o ofid a phwysau dychrynllyd, mae modd dod o hyd i egni ychwanegol rywsut, hyd yn oed yn rhannau mwyaf blinedig y corff. Fe sylweddolais i hyn fy hun pan ges i 'neffro gan dorf a oedd am fy ngwaed am rywbeth.

Roedd ganddyn nhw ffaglau o dân, cleddyfau a chŵn rheibus, a bu'n rhaid imi redeg am fy mywyd am un filltir ar bymtheg.

Trwy redeg y daeth y Baudelairiaid i ddeall hyn hefyd – y noson honno a'r chwe noson ddilynol. Gwnâi hynny gyfanswm o naw sesiwn o Rh.Y.B.A.T.. Naw noson chwyslyd, blinedig gyda'r sero symbolaidd yn llewyrchu yn eu pennau fel donyt fawr ddiobaith.

Wrth i'r amddifaid ddioddef, fe ddioddefodd eu gwaith ysgol hefyd. Rwy'n siŵr eich bod chi wedi sylwi fel y mae noson dda o gwsg yn help i wneud sioe dda ohoni yn yr ysgol. Os ydych chi'n fyfyriwr, fe ddylech wneud eich gorau i fynd i gysgu'n gynnar – ar wahân, wrth gwrs, i'r nosweithiau pan fyddwch chi wedi cyrraedd rhan gyffrous o'ch llyfr. Bryd hynny, mae'n iawn i chi aros ar ddihun yn hwyr.

Am ddiwrnodau wedi hynny, roedd y Baudelairiaid wedi blino mwy o lawer na neb a oedd wedi aros ar ddihun yn darllen yn hwyr. A pho fwyaf roedden nhw wedi ymlâdd, mwya i gyd roedd eu gwaith ysgol yn dioddef. Allai Violet ddim ysgrifennu'r un gair o storïau Mr Remora. Methodd Klaus fesur yr un o wrthrychau Mrs Bass. A chafodd dim byd y gofynnodd yr Is-brifathro Nero amdano ei wneud gan Sunny. Er cymaint roedd yr amddifaid yn credu ei bod hi'n bwysig gwneud yn dda yn yr ysgol – hyd yn oed pan fo'r ysgol honno'n cael ei rhedeg gan unben gwirion – roedden nhw wedi ymlâdd gormod ar ôl eu sesiynau rhedeg nosweithiol i allu gwneud eu gwaith.

Cyn bo hir, nid y cylch gwyn yn eu pennau oedd yr unig sero a welodd y plant. Gwelodd Violet un ar ben y papur prawf a gafodd hi 'nôl gan Mr Remora – doedd hi ddim wedi gallu cofio dim byd am yr un o'r storïau. Gwelodd Klaus un yn llyfr cofnodi Mrs Bass – roedd hi wedi'i ddal â'i ben ar y ddesg yn pendwmpian pan oedd e i fod i fesur hosan. A gwelodd Sunny ei sero hi ar waelod drôr y staplau pan aeth i chwilio am rai a chael nad oedd dim ar ôl.

"Mae hyn y tu hwnt i bob rheswm," meddai Isadora pan grybwyllodd Sunny'r sefyllfa ar ddechrau amser cinio blinedig arall. "Edrych arnat ti, Sunny fach. Doedd hi ddim yn iawn i dy gyflogi di i neud gwaith swyddfa yn y lle cyntaf, ac mae'n gwbl abswrd dy fod ti'n gorfod cropian o gwmpas y trac 'na bob nos a bod disgwyl iti neud staplau hefyd!"

"Paid â galw fy chwaer i'n hurt neu'n abswrd," gwaeddodd Klaus.

"Dw i ddim yn ei galw hi'n hurt nac abswrd!" atebodd Isadora. "Galw'r sefyllfa'n hurt ydw i."

"Rhywbeth i ti chwerthin ar ei ben yw rhywbeth hurt," meddai Klaus, nad oedd byth yn rhy flinedig i ddiffinio gair. "Dw i ddim am i ti chwerthin ar ein pennau ni."

"Dw i ddim yn chwerthin ar eich pennau chi, siŵr," mynnodd Isadora. "Rwy'n ceisio helpu."

Estynnodd Klaus ar draws y bwrdd am ei wydryn gan ei gipio o law Isadora. "Wel, dyw chwerthin ddim yn help o gwbl, falwen dan draed."

Tynnodd Isadora ei chyllell a'i fforc o afael Klaus. "Dyw galw enwau ddim yn helpu chwaith, Klaus."

"Mamdwm!" gwichiodd Sunny.

"Dyna ddigon, y ddau ohonoch chi," meddai Duncan. "Isadora, alli di ddim gweld mai wedi blino'n gorn mae Klaus? A Klaus, alli di ddim gweld mai dim ond gofidio amdanoch chi mae Isadora?"

Tynnodd Klaus ei sbectol a rhoddodd ei wydryn yn ôl i Isadora. "Rwy wedi blino gormod i weld dim," meddai. "Mae'n flin 'da fi, Isadora. Blinder sy wedi 'ngwneud i'n afresymol. Diwrnod neu ddau arall o hyn ac mi fydda i mor gas â Carmelita Sbats!"

"Carmelita Sbats!" meddai Violet gan godi'i phen oddi ar ei hambwrdd. Bu'n pendwmpian trwy ddadl Klaus ac Isadora, ond daeth ati'i hun pan glywodd enw'r Negesydd Arbennig. "Dyw hi ddim wedi dod yma i ddweud wrthyn ni fod yn rhaid inni redeg eto heno, ydy hi?"

"Rwy'n ofni 'i bod hi," dywedodd Duncan yn drist.

"Helô, falwod dan draed," meddai'r ferch anghwrtais, dreisgar a mochaidd a oedd newydd gerdded tuag atynt. "Mae gen i ddwy neges i chi heddiw, felly fe ddylwn i gael dau gildwrn."

"O, Carmelita," meddai Klaus wrthi, "dwyt ti ddim wedi cael cildwrn am y naw diwrnod diwethaf. Pam ddylen ni dorri ar y traddodiad nawr?"

"Am mai plentyn amddifad twp wyt ti – 'na pam!"

oedd ateb parod Carmelita Sbats. "Ta waeth! Neges Rhif Un yw'r un arferol: rhaid i chi fod ar y lawnt i gwrdd â Genghis yr Hyfforddwr ar ôl swper."

Dylyfodd Violet ên, gan holi ar un pryd, "A'r ail neges?"

"Neges Rhif Dau yw fod angen i chi fynd i swyddfa'r Is-brifathro Nero'n syth bìn."

"Swyddfa'r Is-brifathro Nero?" gofynnodd Klaus. "Pam?"

"Mae'n flin gen i," meddai Carmelita Sbats gyda gwên faleisus ar ei hwyneb i nodi nad oedd yn flin ganddi o gwbl, "ond dw i ddim yn fodlon ateb cwestiynau malwod dan draed amddifad sydd byth yn gadael cildwrn."

Dechreuodd rhai o'r plant ar y bwrdd nesaf atynt chwerthin pan glywson nhw hynny, gan daro'u cyllyll a'u ffyrc ar y bwrdd. "Malwod dan draed o Gwt yr Amddifaid! Malwod dan draed o Gwt yr Amddifaid!" oedd y geiriau roedden nhw'n eu llafarganu wrth i Carmelita Sbats giglo'i ffordd yn ôl at y bwrdd i orffen ei chinio. "Malwod dan draed o Gwt yr Amddifaid! Malwod dan draed o Gwt yr

Amddifaid!" oedd y geiriau roedden nhw'n eu lafarganu wrth i'r Baudelairiaid godi ar eu traed poenus a sefyll ar eu coesau blinedig.

"Gwell inni fynd at Nero," meddai Violet. "Fe welwn ni chi'n nes ymlaen, Duncan ac Isadora."

"Twt," meddai Duncan. "Fe gerddwn ni gyda chi. Mae Carmelita Sbats wedi lladd pob archwaeth am fwyd. Ddown ni ddim i mewn i'r adeilad gweinyddol 'da chi, neu fydd gan yr un ohonon ni gyllyll na ffyrc, ond fe arhoswn ni tu allan."

"Tybed pam fod Nero am ein gweld?" gofynnodd Klaus gan ddylyfu gên.

"Falle 'i fod e wedi sylweddoli mai Olaf yw Genghis heb help gan neb," awgrymodd Isadora, a gwenodd y Baudelairiaid yn ôl arni. Doedd fiw iddyn nhw ddechrau meddwl y gallai bywyd fod mor syml â hynny, ond roedden nhw'n gwerthfawrogi agwedd obeithiol Isadora.

Estynnodd y pump weddillion eu ciniawau i'r gweithwyr yn eu mygydau. Nodiodd y rheini arnynt mewn tawelwch, a cherddodd y plant ymaith i fynd at Nero. Y tu allan i'r adeilad, dymunodd y

Dwfngorsiaid yn dda i Violet, Klaus a Sunny a llusgodd y tri eu ffordd i fyny'r grisiau at y swyddfa.

"Diolch am gymryd yr amser o'ch amserlen amddifad brysur i ddod i 'ngweld i," meddai'r Isbrifathro Nero wrth agor y drws cyn iddyn nhw ei guro. "Brysiwch. Dewch i mewn. Mae pob munud rwy'n ei dreulio'n siarad â chi yn funud rwy'n ei golli o ymarfer fy ffidl. Pan 'ych chi'n athrylith cerddorol fel fi, mae pob munud yn cyfri."

Cerddodd y tri phlentyn i mewn i'r swyddfa fechan, gan ddechrau curo'u dwylo blinedig pan gododd Nero ei ddwy fraich i'r awyr. "Mae 'na ddau beth rwy am sôn amdanynt," meddai. "Wyddoch chi beth 'yn nhw?"

"Na, syr," atebodd Violet.

"*Na, syr*," gwawdiodd Nero, er ei fod wedi'i siomi na roddodd y plant ateb hirach iddo ei ddynwared. "Wel, i ddechrau, mae'r tri ohonoch wedi methu naw datganiad gen i ar y ffidl, sy'n golygu bod pob un ohonoch chi'n gorfod prynu pecyn o losin yr un i mi. Mae naw bag losin wedi'u lluosi â thri yn gwneud naw ar hugain. Ar ben hynny, mae Carmelita Sbats wedi dweud wrtha i ei bod wedi dod â deg neges i chi, gan gynnwys y ddwy a roddodd hi i chi heddiw, heb gael cildwrn 'da chi unwaith. Gwarthus. Nawr, rwy'n meddwl bod pâr o glustdlysau'n gwneud cildwrn da – rhai wedi'u gwneud o gerrig gwerthfawr. Felly, mae arnoch chi ddeg pâr o glustdlysau iddi. Beth ddwedwch chi nawr?"

Edrychodd yr amddifaid Baudelaire ar ei gilydd gyda'u llygaid trwm, blinedig, a doedd ganddyn nhw ddim i'w ddweud am hynny. Dim nawr. Dim byth. Fe allen nhw feddwl yn ofalus am yr hyn a ddywedodd Nero – y ffaith iddyn nhw golli'r cyngherddau am fod Genghis yr Hyfforddwr wedi'u gorfodi i redeg yn ddiddiwedd, fod naw wedi'i luosi â tri yn ddau ddeg saith, nid dau ddeg naw, a bod yr arfer o roi cildwrn yn un gwirfoddol, lle roedd hi'n arferol i adael arian, nid clustdlysau – ond roedd Violet, Klaus a Sunny wedi blino gormod i ddweud dim.

Roedd hyn yn siom arall i'r Is-brifathro Nero, a safodd yno'n crafu'r cudynnau gwallt bob ochr i'w ben wrth ddisgwyl ateb, fel y gallai ei ailadrodd yn ei lais dirmygus. Ond ar ôl mwy o dawelwch, aeth yr Is-brifathro ymlaen at ei ail bwynt. "Yr ail bwynt," meddai, gan fwrw yn ei flaen, "yw'r ffaith mai chi'ch tri yw'r myfyrwyr gwaethaf erioed yn holl hanes Ysgol Breswyl Prwffrog. Violet, mae Mr Remora wedi dweud wrtha i dy fod wedi methu mewn prawf. Klaus, fe glywes i gan Mrs Bass mai prin dy fod ti'n medru adnabod un pen o bren mesur metrig oddi wrth y llall. Ac amdanat ti, Sunny, rwy wedi sylwi nad wyt ti wedi gwneud yr un stapl! Fe ddywedodd Mr Poe wrtha i eich bod chi'n blant deallus sy'n gweithio'n galed, ond hyd y gwela i 'dych chi'n ddim byd mwy na thair malwen dan draed."

Fedrai'r Baudelairiaid ddim cadw'n dawel eiliad yn hwy. "'Dan ni'n gwneud yn wael yn ein gwaith am ein bod ni wedi ymlâdd!" bloeddiodd Violet.

"A 'dan ni wedi ymlâdd am ein bod ni'n rhedeg bob nos!" bloeddiodd Klaus.

"Glyshdi!" gwichiodd Sunny, a oedd yn golygu, "Felly cer i feio Genghis yr Hyfforddwr, nid ni."

Fflachiodd yr Is-brifathro Nero wên fawr ar y plant, yn falch ei fod yn gallu eu hateb yn ei hoff ddull o'r diwedd. "*'Dan ni'n gwneud yn wael yn ein gwaith am ein bod ni wedi ymlâdd!*" rhochiodd. "*A 'dan ni wedi ymlâdd am ein bod ni'n rhedeg bob nos!* Rwy wedi cael digon o'ch nonsens chi! Mae Ysgol Breswyl Prwffrog wedi addo rhoi addysg wych i chi, a dyna'r hyn a gewch chi – neu, yn achos Sunny, swydd dda fel cynorthwy-ydd gweinyddol! Nawr, rwy wedi gofyn i Mr Remora a Mrs Bass gynnal profion trwyadl fory – profion eang ar bopeth a ddysgoch chi hyd yn hyn. Violet, gwell i ti gofio pob manylyn o storïau Mr Remora, a Klaus, gwell i tithau gofio hyd a lled a dyfnder pob un o wrthrychau Mrs Bass, neu fe fydda i'n eich hel o'r ysgol. Yn ogystal â hyn, rwy wedi dod o hyd i bentwr o bapurau y bydd angen eu staplo fory, Sunny. Rhaid i ti wneud hyn â staplau rwyt ti wedi eu gwneud dy hun, neu fe gei di'r sac. Ben bore fory, fe gewch chi'r profion a bydd angen staplo. Os na chewch chi A ym mhopeth a gwneud digon o staplau, fe fydd rhaid i chi adael Ysgol Breswyl Prwffrog. Trwy lwc, mae Genghis yr Hyfforddwr wedi cytuno i'ch dysgu chi gartref. Ystyr hynny yw y bydd e wedyn yn hyfforddwr, yn athro ac yn warchodwr arnoch, cyfuniad o'r cyfan. Cynnig hael dros ben. A phetawn i'n chi, fe rown i gildwrn iddo yntau hefyd, jest rhag ofn …"

"Chaiff Iarll Olaf byth gildwrn 'da ni!" dywedodd Violet yn wyllt.

Edrychodd Klaus ar ei chwaer mewn arswyd. "Genghis yr Hyfforddwr roedd Violet yn ei feddwl," meddai'n gyflym wrth Nero.

"*Nage wir!*" bloeddiodd Violet. "Klaus, mae'r sefyllfa mor argyfyngus, allwn ni ddim esgus am funud yn rhagor nad ydyn ni'n 'i 'nabod e."

"Hwffijo!" cytunodd Sunny.

"Ti sy'n iawn, mae'n debyg," meddai Klaus. "Be 'sda ni i'w golli?"

"*Be 'sda ni i'w golli?*" gwatwarodd Nero. "Am beth 'ych chi'n sôn?"

"Ni'n sôn am Genghis yr Hyfforddwr," meddai Violet. "Nid Genghis yw ei enw go iawn. Dyw e ddim yn hyfforddwr. Iarll Olaf yw e, mewn cuddwisg arall."

"Lol botes maip!" meddai Nero.

Byddai Klaus wedi bod wrth ei fodd yn dweud "*Lol botes maip!*" yn ôl wrtho, yn yr union ffordd gyfoglyd a ddefnyddiai Nero ei hun, ond cnôdd ei dafod blinedig. "Mae'n wir," meddai. "Y cyfan mae e wedi'i wneud yw gwisgo tyrban am ei ben a phâr o sgidiau rhedeg drud i guddio'r tatŵ ar ei bigwrn. Ond Iarll Olaf yw e."

"Mae'n gwisgo tyrban am resymau crefyddol," meddai Nero, "a sgidiau rhedeg am ei fod yn athro ymarfer corff. Edrychwch." Aeth draw at y cyfrifiadur a gwasgu botwm. Gloywodd y sgrin yn lliw salwch môr, yn ôl ei harfer, ac yna ymddangosodd llun o Iarll Olaf. "Chi'n gweld? Dyw Genghis yr Hyfforddwr ddim yn edrych fel Iarll Olaf o gwbl, ac mae fy system gyfrifiadurol flaengar yn profi hynny."

"Yshilo!" bloeddiodd Sunny, ac ystyr hynny oedd "Hy! Dyw hynny'n profi dim!"

"*Yshilo!*" gwawdiodd Nero. "Pwy ddylwn i 'i gredu? System gyfrifiadurol flaengar, neu ddau blentyn sy'n methu yn eu gwaith ysgol a babi sy'n rhy dwp i wneud ei staplau ei hun? Nawr, dyna ddigon o wastraffu amser. Fe fydda i'n bersonol yn goruchwylio'r profion yn y bore, a gynhelir yng Nghwt yr Amddifaid! Gwell i'r gwaith fod o safon uchel, neu'r daith o'ma gyda Genghis yr Hyfforddwr fydd yn eich aros chi! Sayonara, Faudelairiaid!"

Y gair Siapaneaidd am "hwyl fawr" yw "Sayonara" ac rwy'n siŵr fod pob un o'r miliynau o bobl sy'n byw yn Siapan yn cywilyddio o glywed eu hiaith yn cael ei defnyddio gan ddyn mor gyfoglyd. Ond doedd gan y Baudelairiaid mo'r amser i bendroni dros faterion rhyngwladol felly. Roedden nhw'n rhy brysur yn trosglwyddo'r newyddion diweddaraf i'r tripledi Dwfngors.

"Mae hyn yn ofnadwy!" grwgnachodd Duncan wrth i'r pump ohonyn nhw groesi'r lawnt er mwyn gallu trafod pethau mewn tawelwch. "Allwch chi byth lwyddo i gael A yn yr holl arholiadau 'na, yn enwedig os bydd raid i chi redeg eto heno."

"Mae hyn yn ofnadwy!" grwgnachodd Isadora. "Ddowch chi byth i ben â gwneud yr holl staplau 'na chwaith! Mi fyddwch chi yng ngofal Genghis yr Hyfforddwr ymhen dim o dro."

"Chawn ni ddim gofal o fath yn y byd 'da Genghis," meddai Violet, gan edrych i gyfeiriad y lawnt a'r cylch llewychol a oedd yn aros amdani.

"Rhywbeth cwbl, cwbl wahanol gawn ni 'da fe. Dyna pam mae e wedi'n gorfodi i ni redeg fel ffyliaid bob nos. Roedd e'n *gwbod* y bydden ni wedi ymlâdd. Roedd e'n *gwbod* y bydden ni'n fethiant yn yr ysgol, neu'n fethiant yn y swyddfa. Roedd e'n *gwbod* y bydden ni'n cael ein hel o Ysgol Prwffrog, ac roedd e'n gwbod y câi e afael arnon ni wedyn, trwy esgus ei fod e'n gofalu amdanon ni."

"Ti'n iawn," grwgnachodd Klaus. "Ry'n ni wedi bod yn crafu'n pennau'n ceisio dyfalu beth oedd yn mynd ymlaen, a nawr mae'r cyfan yn glir. Ond falle ein bod ni'n rhy hwyr."

"'Dyn ni ddim yn rhy hwyr," mynnodd Violet. "Dyw'r arholiadau ddim tan fory. Falle y meddyliwn ni am ryw gynllun da cyn hynny."

"Da!" gwichiodd Sunny.

"Bydd yn rhaid iddo fod yn gynllun cymhleth," dywedodd Duncan. "Rhaid ini gael Violet yn barod ar gyfer prawf Mr Remora, a Klaus ar gyfer un Mrs Bass."

"A rhaid i ni wneud staplau." meddai Isadora. "A rhaid i'r Baudelairiaid redeg."

"A rhaid i ni gadw ar ddihun," ychwanegodd Klaus.

Edrychodd y plant ar ei gilydd ac yna ar y lawnt. Roedd haul y prynhawn yn tywynnu'n braf, ond gwyddai'r plant y byddai'r haul yn machlud toc ac y byddai'n amser Rh.Y.B.A.T. drachefn. Clymodd Violet ei gwallt â rhuban i'r gadw o'i llygaid. Rhwbiodd Klaus ei sbectol cyn ei rhoi'n ôl ar ei drwyn. Crensiodd Sunny ei dannedd at ei gilydd, i wneud yn siŵr eu bod nhw'n ddigon miniog i gwrdd â phob gofyn. Tynnodd y ddau efaill eu llyfrynnau nodiadau o'u pocedi.

Nawr, o edrych ar bethau trwy lygaid profiad y Baudelairiaid a'r Dwfngorsiaid, roedd cynllun dieflig Genghis yr Hyfforddwr wedi dod yn amlwg o'r diwedd. Yr her newydd oedd defnyddio'u profiad i greu cynllun arall – un a fyddai'n gofalu nad oedd ei gynllun e'n mynd i weithio.

PENNOD

Deg

Eisteddodd dau o'r tripledi Dwfngors a'r tri amddifad Baudelaire yng Nghwt yr Amddifaid, a oedd yn edrych yn fwy annymunol nag erioed. Am draed y pump, roedd y sgidiau swnllyd a ddyfeisiodd Violet. Doedd dim golwg o granc yn unman. Ar y nenfwd, roedd yr halen wedi sychu'r ffwng yn grystyn brown caled, ac er nad oedd yn arbennig o ddeniadol, o leiaf doedd e ddim yn disgyn *plop!* ar eu pennau drwy'r amser.

Petai Genghis heb gyrraedd yr ysgol, mae'n bur debyg y bydden nhw wedi gwneud rhywbeth i weddnewid y waliau gwyrdd a'r calonnau pinc hefyd. Doedd yr hyn a wnaethon nhw hyd yn hyn ddim yn ddigon i droi'r lle'n gartref cysurus, ond roedd y cwt yn llai o dwlc na chynt ac fe wnâi'r tro fel lle i feddwl mewn argyfwng. A doedd dim dwywaith amdani – roedd hyn *yn* argyfwng.

Petai Violet, Klaus a Sunny'n gorfod treulio un noson flinedig arall yn rhedeg, fe fydden nhw'n siŵr o fethu eu profion a gwneud smonach ohoni yn y swyddfa – a byddai hynny'n golygu eu bod nhw'n cael eu cludo ymaith o Ysgol Prwffrog gan Genghis yr Hyfforddwr. Roedd hyd yn oed meddwl am hynny'n gwneud i'r plant ddychmygu bysedd esgyrnog Iarll Olaf yn gwasgu'r anadl olaf allan ohonynt. Cymaint oedd gofid y Dwfngorsiaid am eu ffrindiau, fe ddechreuon nhw ddychmygu dwylo Olaf am eu corn gyddfau hefyd, er nad eu bywydau nhw oedd mewn perygl o gwbl – neu felly y tybiai'r ddau, p'run bynnag.

"Alla i ddim credu na lwyddon ni i ddeall cynllun Genghis ynghynt," grwgnachodd Isadora wrth fyseddu'i nodiadau. "Yr holl ymchwil 'ma wnaeth Duncan a fi, a hyd yn oed wedyn, fe fethon ni."

“Fe drion ni ddod o hyd i fwy o hanes am Iarll Olaf,” meddai Duncan. “Mae ’na gasgliad reit helaeth o hen bapurau newydd yn llyfrgell yr ysgol, a thrwy edrych ’nôl ar rai o’i gastiau yn y gorffennol, roedden ni’n meddwl y gallen ni ddeall beth oedd ’dag e ar y gweill y tro hwn.”

“Syniad da dros ben,” meddai Klaus yn feddylgar. “Wnes i erioed feddwl am wneud ’ny.”

“Ein barn ni oedd fod Olaf yn siŵr o fod yn ddyn drwg ymhell cyn cwrdd â chi,” aeth Duncan yn ei flaen. “Felly, fe aethon ni at yr holl hen bapurau ’ma. Ond ddaethon ni ddim o hyd i lawer o erthyglau. Fel y gwyddoch chi, mae’n newid ei enw a’i olwg drwy’r amser, ond yn y *Bangkok Gazette* fe ddaethon ni ar draws hanes dyn oedd yn ateb ei ddisgrifiad i’r dim a dagodd esgob i farwolaeth cyn llwyddo i ddianc o’r carchar mewn deng munud.”

“Mae hynny’n swnio’n debyg iawn iddo fe,” meddai Klaus.

“Ac yn *Herald Ferona*,” aeth Duncan yn ei flaen, “fe ddes i ar draws hanes dyn a daflodd wraig weddw gyfoethog dros glogwyn. Ar bigwrn y dyn, roedd ’na datŵ o lygad – ond fe ddihangodd y gwalch. Yna, ym mhapur nos y ddinas lle cawsoch chi eich magu …"

"Mae'n flin 'da fi dorri ar draws," meddai Isadora, "ond byddai'n well inni fynd i'r afael â'r sefyllfa bresennol yn hytrach nag edrych 'nôl i'r gorffennol. Mae amser cinio bron ar ben ac mae'n argyfwng arnon ni."

"Ti'n pendwmpian, Violet?" holodd Klaus ei chwaer, a oedd wedi bod yn dawel ers sbel.

"Wrth gwrs nad ydw i'n pendwmpian," atebodd Violet. "Pendroni ydw i. Rwy'n meddwl 'mod i wedi dyfeisio rhywbeth a all wneud yr holl staplau sydd eu hangen ar Sunny. Ond alla i ddim meddwl am ffordd o wneud y ddyfais ac astudio ar gyfer y profion yr un pryd. Ers imi orfod rhedeg fel ffwlbart bob nos, prin yw'r nodiadau dw i wedi'u cymryd yn nosbarth Mr Remora. Dw i'n cofio fawr ddim am y straeon."

"Na hidia am hynny," meddai Duncan, gan ddal ei lyfryn nodiadau gwyrdd tywyll yn uchel yn yr awyr. "Mae pob manylyn diflas wedi'i sgwennu yn hwn."

"A dw inne wedi sgwennu hyd a lled a dyfnder holl wrthrychau Mrs Bass," meddai Isadora, gan ddal ei llyfryn hithau'n uchel. "Fe alli di astudio hwn, Klaus, ac fe alli dithau, Violet, bori yn un Duncan."

"Diolch," meddai Klaus, "ond rwyt ti wedi anghofio am y Rh.Y.B.A.T. Fydd 'da ni ddim amser i astudio llyfrynnau neb."

"Drapodo!" meddai Sunny, a oedd yn golygu "Ti'n iawn, wrth gwrs. Mi fyddwn ni wrthi tan doriad y wawr unwaith eto, ac mae'r profion ben bore fory."

"Mi fydde'n dda 'da fi 'tase un o ddyfeiswyr mawr y byd yma gyda ni," meddai Violet. "Tybed beth fydde Nikola Tesla yn ei wneud?"

"Neu un o newyddiadurwyr mawr y byd," meddai Duncan. "Tybed beth fydde Dylan Iorwerth yn ei wneud?"

"Neu Hammurabi," cynigiodd Klaus enw arall. "Un o'r hen Fabiloniaid oedd e, ac un o ymchwilwyr mawr y byd."

"Neu beth am Dafydd ap Gwilym, y bardd?" meddai Isadora.

"Siarc!" meddai Sunny, gan rwbio'i bys ar hyd ei dannedd.

"Pwy a ŵyr beth fydde'r bobl hyn – neu bysgod! –

yn 'i wneud petaen nhw yn ein sgidiau ni?" oedd ymateb Violet i hyn i gyd.

Cliciodd Duncan ddau fys yn erbyn ei gilydd – nid am ei fod am ddal sylw gweinydd mewn tŷ bwyta, nac am ei fod yn gwrando ar fiwsig oedd yn clecian yn ei glyw – ond am fod ganddo syniad. "Yn ein sgidiau ni!" meddai. "Dyna fe!"

"Dyna fe – beth?" gofynnodd Klaus. "Sut gall ein sgidiau swnllyd helpu?"

"Na, na," atebodd Duncan. "Nid y sgidiau swnllyd. Meddwl am sgidiau rhedeg drud Genghis yr Hyfforddwr ydw i. Y rhai na fedre fe mo'u diosg am fod 'i draed yn drewi."

"Fentra i eu bod nhw'n drewi hefyd," meddai Isadora. "Rwy wedi sylwi nad yw e'n lân iawn."

"Nid dyna pam mae e'n 'u gwisgo nhw," meddai Violet. "Rhan o'u guddwisg 'yn nhw."

"Yn gwmws!" meddai Duncan. "Pan ddwedest ti 'yn ein sgidiau ni', fe ges i syniad. Rwy'n gwbod ei fod e'n ymadrodd cyffredin …"

"Mae e'n union fel yn ymadrodd 'Yn ein sefyllfa ni'," eglurodd Klaus.

"Yn gwmws," cytunodd Duncan. "Ond beth petai rhywun yn llythrennol yn ein sgidiau ni – neu yn yr achos hwn, yn eich sgidiau chi? Beth petaen ni'n cymryd arnom mai ni yw chi? Tra byddwn ni'n rhedeg un lap ar ôl y llall o gwmpas y cylch gwyn 'na, fe allech chi fod yn astudio'n galed ar gyfer bore fory."

"Chi'ch dau, mewn cuddwisg?" pendronodd Klaus. "Yn edrych fel ni'n dau? Ond dau sy'n edrych yr un ffunud â'i gilydd 'ych chi. 'Dych chi ddim yn edrych fel ni o gwbl."

"Pa ots?" meddai Duncan. "Fe fydd hi'n dywyll heno 'ma. Pan fyddwn ni'n edrych arnoch chi o'r bwa, y cyfan allwn ni weld yw dau ffigwr yn rhedeg – ac un yn cropian."

"Mae hynny'n wir," meddai Isadora. "Petawn i'n gwisgo'r rhuban 'sda ti yn dy wallt, a Duncan yn gwisgo sbectol Klaus, rwy'n siŵr y bydden ni'n edrych yn ddigon tebyg i chi er mwyn twyllo Genghis."

"Ac os gwisgwn ni'ch sgidiau chi hefyd, mi fydd ein sŵn ni'n rhedeg yn union fel eich sŵn chi," meddai Duncan.

"Ond beth am Sunny?" gofynnodd Violet. "All dau berson ddim esgus bod yn dri."

Clafychodd wynebau'r Dwfngorsiaid. "Trueni na fydde Quigley 'da ni nawr," meddai Duncan. "Rwy'n gwbod y byddai wedi bod yn barod i wisgo fel babi petai gwneud hyn yn eich helpu chi."

"Beth am becyn o flawd?" gofynnodd Isadora. "Dim ond tua maint pecyn o flawd yw hi – paid â gweld yn chwith, Sunny!"

"Denada," meddai Sunny, gan ddangos nad oedd hi wedi pwdu.

"Fe allen ni ddwyn pecyn o'r ffreutur," cynigiodd Isadora, "a'i lusgo wrth ein sodlau tra ein bod yn rhedeg. O bell, wela i ddim pam na alle hynny edrych fel Sunny."

"Menter beryglus iawn yw hon," meddai Violet yn ddwys. "Os 'yn ni'n mynd i gyfnewid sgidiau ac os yw'r cynllun wedyn yn methu, nid Klaus a fi'n unig fydd mewn trwbl. Mi fyddwch chi'ch dau mewn trwbl hefyd. A does wbod beth y gall Genghis 'i wneud i chi."

Prin y talodd y Dwfngorsiaid iot o sylw i'r hyn a

ddywedodd Violet, ond byddai'r geiriau hynny'n atsain ym meddyliau'r Baudelairiaid am amser maith i ddod.

"Paid â phoeni am 'ny," meddai Duncan. "Y peth pwysig yw eich cadw chi'ch tri o grafangau'r cythraul. Beth os yw hi'n fenter beryglus? Dyna'r unig gynllun y gallwn ni feddwl amdano."

"A does 'da ni ddim mwy o amser i feddwl am unrhyw beth gwell," ychwanegodd Isadora. "Rhaid inni brysuro os 'yn ni am ddwyn y blawd a chyrraedd y dosbarth mewn pryd."

"A rhaid inni gofio cael darn o gortyn neu rywbeth tebyg i'w glymu wrth y pecyn, er mwyn gwneud iddo edrych fel Sunny'n cropian," dywedodd Duncan.

"A rhaid i finne ddwyn rhai pethe hefyd, ar gyfer y ddyfais gwneud staplau."

"Bantaba," meddai Sunny, ac ystyr hynny yma oedd "Well inni'i siapo hi 'te!"

Cyn gadael Cwt yr Amddifaid, newidiodd y pump o'u sgidiau swnllyd i'w sgidiau cyffredin, rhag ofn iddyn nhw gadw gormod o sŵn wrth gerdded ar hyd y lawnt at y ffreutur. Curai eu calonnau'n gyflym, achos doedden nhw ddim i fod i gripian o gwmpas y ffreutur, a doedden nhw ddim i fod i ddwyn mân bethau, ac fe wyddai'r pump yn iawn mai menter beryglus iawn fyddai rhoi eu cynllun ar waith.

Nerfus oedden nhw. A fyddwn i byth am i unrhyw blentyn fod yn fwy nerfus nag yr oedd y Baudelairiaid a'r Dwfngorsiaid wrth nesu at y ffreutur. Ond rhaid imi ddweud hefyd nad oedden nhw'n ddigon nerfus. Doedd dim angen iddyn nhw fod yn fwy gofidus am gripian i'r ffreutur pan oedd y lle i fod ar gau, nac i'w calonnau guro ronyn yn gynt wrth ddwyn yr hyn oedd ei angen arnynt – achos fe lwyddon nhw i wneud hynny heb gael eu dal. Ond fe ddylen nhw'n bendant fod wedi bod yn llawer iawn mwy nerfus am yr hyn yr oedden nhw ar fin ei wneud, a'r hyn a oedd yn eu haros wedi i'r haul fachlud dros y borfa frown. A hwythau'n dal yn eu sgidiau eu hunain, dyma pryd y dylen nhw fod wedi ystyried yn ddwys iawn, iawn yr hyn a allai ddigwydd iddyn nhw ar ôl cyfnewid sgidiau.

PENNOD
Unarddeg

Os ydych chi erioed wedi gwisgo gwisg ffansi ar gyfer Noson Calan Gaeaf, neu i fynd i fath o ddawns a elwir yn fasgarêd, fe fyddwch chi'n gwybod bod 'na wefr arbennig i'w chael wrth wisgo cuddwisg – gwefr sy'n gymysg o gyffro a pherygl. Fe es i i un o ddawnsfeydd masgiau enwog Duges Winnipeg un tro, ac roedd yn un o'r nosweithiau mwyaf cyffrous a pheryglus a ges i yn fy myw. Ro'n i wedi 'ngwisgo fel ymladdwr teirw a sleifiais i'r parti dan drwyn swyddogion diogelwch y palas, a oedd i gyd wedi'u gwisgo fel sgorpionau. Y munud y camais i mewn i'r Ystafell Ddawns, roedd fel petai Lemony Snicket wedi diflannu. Ro'n i mewn dillad anghyfarwydd iawn i mi – clogyn sgarlad o sidan, gwasgod wedi'i brodio ag edau aur a mwgwd du disglair dros fy wyneb. Gallwn dyngu 'mod i wedi troi'n berson gwahanol. Dyna pam y mentrais i draw at wraig ro'n i wedi cael fy ngwahardd am oes rhag torri gair â hi.

Roedd hi ar y feranda, wedi'i gwisgo fel gwas y neidr, gyda mwgwd gwyrdd serennog ac adenydd arian, anferth. Wrth i'r rhai a oedd ar fy ôl fynd hwnt ac yma ymysg y parti, yn ceisio dyfalu pwy oedd pwy, llithrais innau allan i'r feranda ati a rhoi iddi'r neges ro'n i wedi ceisio'i rhoi iddi ers pymtheg mlynedd andros o hir. "Beatrice," dywedais, wrth i'r swyddogion diogelwch fy nal, "mae Iarll Olaf . . ."

Alla i ddim dweud rhagor. Rwy yn fy nagrau wrth feddwl am y noson honno a'r dyddiau du enbyd a'i dilynodd. A ta beth, rwy'n siŵr eich bod chi ar dân eisiau cael gwybod beth ddigwyddodd i'r Baudelairiaid a'r Dwfngorsiaid ar ôl swper y noson honno yn Ysgol Breswyl Prwffrog.

"Mae hyn yn sbort," meddai Duncan, wrth iddo

roi sbectol Klaus ar ei drwyn. "Dw i'n gwbod mai am resymau difrifol 'dan ni'n gwneud hyn, ond mae'n dal yn sbort."

Wrth iddi glymu rhuban Violet yn ei gwallt, llefarodd Isadora un o'i cherddi:

"Dyw 'nghuddwisg ddim yn berffaith,
Os edrychwch chi'n graff,
Ond rwy'n hynod gyffrous
Ac rwy'n siŵr 'mod i'n saff."

"Dyw'r rhythm ddim yn hollol gywir 'da fi 'to," meddai. "Ond fe wnaiff y tro am nawr."

Cymerodd y Baudelairiaid gam yn ôl, gan edrych ar y Dwfngorsiaid yn ofalus. Newydd orffen eu swper yr oedden nhw a safai'r pump y tu allan i Gwt yr Amddifaid, yn rhoi eu cynllun ar waith ar ras. Roedden nhw wedi llwyddo i sleifio i'r ffreutur i ddwyn pecyn o flawd yr un maint â Sunny o'r gegin, fforc, llwyaid neu ddwy o sbigoglys hufennog a thaten fechan. Ar wahân i'r blawd, roedd ar Violet angen popeth arall ar gyfer ei dyfais ddiweddaraf.

Bellach, ychydig eiliadau'n unig a oedd ganddyn

nhw cyn bod angen i'r Baudelairiaid – neu'r Dwfngorsiaid yn yr achos hwn – fod ar y lawnt i wneud y Rh.Y.B.A.T. Rhoddodd Duncan ac Isadora eu llyfrau nodiadau i'r Baudelairiaid er mwyn iddyn nhw allu paratoi ar gyfer profion y bore wedyn. Tynnodd y Baudelairiaid eu sgidiau, er mwyn i sŵn y Dwfngorsiaid yn rhedeg swnio'n union 'run fath â'r Baudelairiaid. Pan gymerodd y tri amddifad un cip olaf ar y Dwfngorsiaid cyn y byddai'n rhaid iddyn nhw fynd, roedden nhw'n sylweddoli pa mor beryglus oedd y fenter hon.

Yn y bôn, doedd Isadora a Duncan Dwfngors ddim yn edrych yn debyg iawn i Violet a Klaus Baudelaire. Roedd lliw llygaid Duncan yn wahanol i liw llygaid Klaus ac roedd gwallt Isadora'n wahanol i wallt Violet, hyd yn oed os oedd y rhuban yr un fath. Gan mai dau o dripledi oedd y Dwfngorsiaid, roedd eu taldra'r un fath, ond roedd Violet yn dalach na Klaus, am ei bod hi'n hŷn, a doedd dim amser i wneud stilts i guddio'r gwahaniaeth.

Ond nid mân wahaniaethau corfforol o'r fath oedd y gwir reswm pam nad oedd y guddwisg yn argyhoeddi gant y cant. Y gwir plaen oedd fod y Baudelairiaid a'r Dwfngorsiaid yn bobl wahanol iawn i'w gilydd, a fedrai sbectol a rhuban a sgidiau ddim newid un peth yn rhywbeth arall. Yn yr un modd, doedd y wraig yng nghuddwisg gwas y neidr ddim wedi gallu hedfan i ffwrdd ar ei hadenydd arian a dianc rhag yr enbydrwydd a oedd yn ei haros.

"'Dan ni ddim yn edrych yn debyg iawn i chi, mi wn i hynny," cyfaddefodd Duncan ar ôl i'r Baudelairiaid gadw'n dawel am sbel. "Ond cofiwch, mae'r lawnt mewn tywyllwch. Yr unig olau yw'r cylch llewychol 'na. Fe ofalwn ni gadw'n pennau i lawr, fel na fydd ein hwynebau i'w gweld. A ddywedwn ni'r un gair wrth Genghis yr Hyfforddwr, fel na all e nabod ein lleisiau. Gyda'r sbectol a'r rhuban a'r sgidiau 'ma am ein traed, rwy'n siŵr yr aiff popeth yn iawn."

"Does dim rhaid i ni 'neud hyn, chi'n gwbod," meddai Violet yn dawel. "'Dan ni'n gwerthfawrogi'ch help, ond does dim rheswm pam na all Klaus a Sunny a finne redeg i ffwrdd o'r lle 'ma'n gyfan gwbl. Fe allen ni fynd heno. 'Dan ni wedi cael digon o ymarfer."

"Os gwelwn ni ffôn yn rhywle, fe allen ni ffonio Mr Poe," meddai Klaus.

"Swbw," meddai Sunny, a oedd yn golygu "Neu fynd i ysgol gwbl wahanol, o dan enwau gwahanol."

"Does dim gobaith caneri y gwnaiff hynny weithio chwaith," meddai Isadora. "O'r hyn 'dach chi wedi'i ddweud, fuodd Mr Poe erioed yn fawr o help. A does dim ots ble yr ewch chi, mae Iarll Olaf yn siŵr o ddod o hyd i chi – felly fydde ysgol arall ddim yn ateb y broblem."

"Gwneud hyn yw'r unig obaith," cytunodd Duncan. "Os llwyddwch chi i basio'r profion heb godi amheuon Genghis, fe fydd y perygl drosodd ac wedyn fe allwn ni ganolbwyntio ar drechu'r hyfforddwr ffug 'na go iawn."

"Chi sy'n iawn, siŵr o fod," meddai Violet. "Dw i jest ddim yn hapus eich gweld chi'n peryglu'ch bywydau fel hyn er ein mwyn ni."

"Ffrindiau yw ffrindiau!" mynnodd Isadora. "Allwn ni ddim eistedd trwy ryw ddatganiad gwirion wrth i'n ffrindiau gorau redeg rownd a rownd y lawnt drwy'r nos. Chi oedd y bobl gyntaf yn Ysgol

Prwffrog i beidio ag ymddwyn yn sbeitlyd tuag aton ni. Does dim teulu 'da chi na ni. Rhaid i ni fod yn gefn i'n gilydd."

"Rhaid i chi adael i ni'ch hebrwng chi at y lawnt, o leia," meddai Klaus. "O'r bwa, fe allwn ni gadw llygad arnoch chi a gwneud yn siŵr fod Genghis yr Hyfforddwr wedi llyncu'r twyll."

"'Sda chi ddim amser i gadw llygad arnon ni," dywedodd Duncan, gan ysgwyd ei ben. "Rhaid i chi droi'r stribedi metel 'ma'n staplau ac astudio ar gyfer y bore."

"O!" ebychodd Isadora'n sydyn. "Sut allwn ni dynnu'r pecyn blawd 'ma rownd y trac? Rhaid inni gael darn o gortyn o rywle."

"Fe allen ni gicio'r hen beth o gwmpas," meddai Duncan.

"Na, na, na," meddai Klaus. "Os gwelith Genghis chi'n cicio'ch chwaer fach o gwmpas y trac, fe fydde'n amau'n syth."

"Fe wn i!" meddai Violet. Cododd ei llaw gan symud blaenau ei bysedd yn araf ar hyd gwlân trwchus siwmper Duncan tan iddi ddod o hyd i'r hyn roedd hi'n chwilio amdano – darn o edafedd rhydd. Tynnodd arno'n araf, nes bod ganddi ddarn go hir ohono. Torrodd ef ymaith yn sydyn, gan glymu un pen o gwmpas y pecyn o flawd. Estynnodd y pen arall i Duncan. "Fe ddylai hyn weithio," meddai. "Mae'n flin 'da fi am y siwmper."

"Rwy'n siŵr y galli di ddyfeisio peiriant gwnïo," meddai, "pan fydd pob perygl drosodd. Wel, gwell i ni ei throi hi, Isadora. Fe fydd Genghis yr Hyfforddwr yn aros amdanon ni. Pob lwc gyda'r astudio."

"Pob lwc gyda'r rhedeg," meddai Klaus.

Edrychodd y Baudelairiaid ar eu ffrindiau am amser hir. Roedd hyn yn eu hatgoffa o'r tro olaf y gwelson nhw eu rhieni, wrth godi llaw arnyn nhw cyn gadael am y traeth. Ar y pryd, wrth gwrs, doedden nhw ddim i wybod mai hwnnw fyddai'r tro olaf un y bydden nhw byth yng nghwmni eu mam a'u tad. Roedd y Baudelairiaid wedi ail-fyw'r diwrnod hwnnw yn eu hanes drosodd a throsodd, gan resynu na ddywedon nhw rywbeth mwy gwerthfawr na ffarwél cyffredin. Wrth edrych ar y ddau dripled yn cerdded, roedd Violet, Klaus a Sunny yn gobeithio'n fawr nad golygfa debyg oedd hon – golygfa arall i aros yn y cof am amser maith, am mai dyma'r tro olaf y bydden nhw'n gweld pobl a oedd yn agos iawn at eu calonnau.

Ond beth os taw felly yr oedd hi am fod? Beth petaen nhw ar fin diflannu o'u bywydau am byth? "Os na welwn ni chi …" dechreuodd Violet. Ond llyncodd boer a dechrau eto. "'Tase pethau'n mynd o chwith …"

Cydiodd Duncan yn ei llaw ac edrych i fyw ei llygaid. Trwy sbectol Klaus, gallai Violet weld mor llydan a difrifol oedd llygaid Duncan. "Fydd dim yn mynd o'i le," meddai'n gadarn, er ei fod, wrth gwrs, yn gwbl anghywir. "Fe aiff popeth fel wats. Fe welwn ni chi yn y bore, Faudelairiaid."

Nodiodd Isadora i ddangos ei bod yn cytuno, gan ddilyn ei brawd a'r pecyn o flawd. Gwyliodd y Baudelairiaid nhw'n cerdded i gyfeiriad y lawnt o flaen yr ysgol nes eu bod yn ddim byd mwy na dau smotyn yn y pellter, gyda smotyn llai fyth yn cael ei lusgo o'u hôl.

"Ti'n gwbod beth?" meddai Klaus, gan ddal i'w gwylio. "O edrych arnyn nhw o bell, 'dyn nhw ddim yn edrych yn rhy annhebyg i ni wedi'r cwbl."

"Abacso," cytunodd Sunny.

"Gobeithio 'ny, wir," sibrydodd Violet. "'Na i gyd alla i ddweud. Ond yn y cyfamser, gwell bwrw ati gyda'n rhan ni o'r cynllun. Gad i ni roi'n sgidiau swnllyd am ein traed a mynd i mewn i'r cwrt."

"Alla i ddim dychmygu sut 'yn ni'n mynd i wneud staplau," meddai Klaus, "gyda dim ond fforc, dwy neu dair llwyaid o sbigoglys a thaten fechan. Mae'n swnio'n debycach i bryd o fwyd i mi. Gobeithio nad yw dy allu di i ddyfeisio wedi mynd i gysgu."

"Does dim un rhan ohona i wedi cysgu fawr ers amser maith," atebodd Violet. "Ac mae'n rhyfedd cymaint o egni sy'n dod o rywle pan fydd syniad gwych 'da ti yn dy ben. A ta beth, nid y pethau gymerais i o'r ffreutur yw'r unig bethe 'sda fi yn y ddyfais hon. Rwy'n mynd i ddefnyddio crancod Cwt yr Amddifaid hefyd, a'r sgidiau swnllyd. Pan fyddwch chi wedi gwisgo'ch sgidie, gwnewch fel rwyf i'n ei ddweud."

Er bod y ddau Faudelaire ieuengaf wedi drysu braidd, fe wydden nhw y gallen nhw ymddiried gant y cant yn Violet pan oedd hi'n fater o ddyfeisiadau. Roedd hi eisoes wedi achub eu bywydau trwy ddyfeisio mathau arbennig o fachyn, agorwr cloeon a signalau. Nawr, gallent ddibynnu arni i fynd trwy ddŵr a thân – ymadrodd sydd yma'n golygu "mynd trwy fforc, sbigoglys, taten, crancod a pharau o sgidiau swnllyd" – i greu peiriant gwneud staplau.

Ufuddhaodd Klaus a Sunny, gan wisgo'u sgidiau a dilyn holl gyfarwyddiadau Violet. Pan aethon nhw'n ôl i mewn i Gwt yr Amddifaid, roedd y crancod yn hamddena fel arfer, yn mwynhau cael y lle iddyn nhw'u hunain, heb synau swnllyd i darfu arnynt. Fel arfer, byddai'r Baudelairiaid yn stompio'u ffordd i mewn i'r cwt yn fwriadol, er mwyn i'r crancod sgrialu o'r ffordd a mynd i'w mannau cuddio.

Y tro hwn, fodd bynnag, dywedodd Violet wrth ei brawd a'i chwaer am gamu ar draws y llawr mewn patrwm gofalus, er mwyn corlannu un o'r crancod mwyaf grwgnachlyd â chrafangau mawr i gornel. Tra dihangodd y crancod eraill o dan y gwair ac i'w cuddfannau eraill, cornelwyd hwn, a oedd yn ofni'r sgidiau swnllyd lawn cymaint â'r lleill, ond a oedd heb unman i ffoi.

"Gwaith da!" bloeddiodd Violet. "Cadwa fe yn y gornel 'na, Sunny, tra 'mod i'n paratoi'r daten."

"Beth yw pwrpas y daten?" gofynnodd Klaus.

"Fel y gwyddon ni ond yn rhy dda," eglurodd Violet, wrth i Sunny barhau i symud ei thraed y ffordd yma a'r ffordd acw i gadw'r cranc yn y gornel, "mae'r crancod 'ma wrth eu boddau'n cael eu crafangau ar fysedd ein traed ni. Wel, rwy wedi dwyn taten sy'n edrych yn eitha tebyg i fodyn troed. Chi'n gweld? Mae e fel tosyn bach o gnawd gyda lwmpyn fan hyn sy'n edrych fel ewin."

"Ti'n iawn," cytunodd Klaus. "Mae'n edrych yn debyg iawn i fys bawd, ond beth sydd gan hyn i'w wneud â staplau?"

"Wel, mae'r darnau 'na o fetel a roddodd Nero i Sunny yn reit hir, a rhaid eu torri nhw'n ddarnau llai. Tra bod Sunny'n cadw'r cranc yn y gornel, rwy'n mynd i chwifio'r daten 'ma ato fe … neu ati hi. Wn i ddim shwt fedrwch chi ddweud ai gwryw neu fenyw yw cranc."

"'Gwryw yw hwn," meddai Klaus. "Cred ti fi."

"Wel, mi fydd e'n credu mai bodyn troed sy'n chwifio ato," aeth Violet yn ei blaen, "a bydd e'n ceisio'i gnoi 'da'i grafanc. Ond ar yr eiliad olaf, mi fydda i'n tynnu'r daten o'i afael a rhoi'r darn metel yno yn ei lle. Dim ond i fi ddal ati i 'neud 'ny'n ofalus, fe ddylai'r crafangau dorri'r darnau metel yn faint staplau i ni."

"A beth wedyn?" holodd Klaus.

"Un peth ar y tro," atebodd Violet yn gadarn. "Iawn 'te, Sunny, dalia ati i gamu'n ôl ac ymlaen yn y sgidiau swnllyd 'na. Rwy'n barod 'da'r daten a'r stribed cyntaf o fetel."

"Be alla' i neud?" gofynnodd Klaus.

"Dechrau dysgu'r nodiadau 'na ar gyfer y profion," atebodd Violet. "Allen i byth ddarllen holl nodiadau Duncan mewn un noson. Tra 'mod i a Sunny'n cynhyrchu'r staplau, rhaid i ti ddarllen llyfrynnau Duncan ac Isadora, a chofio holl fesuriadau Mrs Bass a holl storïau Mr Remora."

"Roger," meddai Klaus. Nid cyfarch rhywun o'r

enw Roger yr oedd e, wrth gwrs – does neb o'r enw Roger yn y stori – ond defnyddio'r enw i ddweud wrth Violet ei fod e wedi deall. Ac yn wir, roedd e wedi deall i'r dim, oherwydd dros y ddwy awr nesaf, dyna'n union beth wnaeth e. Wrth i'w ddwy chwaer garcharu cranc yng nghornel y cwt, a chael hwnnw i dorri'r stribedi metel yn ddarnau llai o lawer, roedd yntau'n astudio nodiadau'r Dwfngorsiaid ar gyfer bore drannoeth.

Gweithiodd popeth i'r dim. Cadwodd Sunny ddigon o sŵn i gadw'r cranc lle roedd e, symudodd Violet y daten o'r ffordd yn ddigon cyflym i allu bwydo'r darnau metel i'r crafangau, ac er nad oedd ei sbectol ganddo llwyddodd Klaus i ddarllen holl nodiadau Isadora a chofio hyd a lled a dyfnder popeth dan haul.

"Gofyn i fi beth yw hyd a lled y sgarff nefi blw," meddai, gan estyn y llyfryn i Violet fel na allai dwyllo.

Tynnodd Violet y daten o afael y cranc ar yr eiliad olaf un a chnôdd y creadur ar stribed arall o fetel. "Beth yw mesuriadau'r sgarff nefi blw?" gofynnodd ar yr un pryd.

“Dau fetr o hyd, naw centimetr o led a phedwar milimetr o drwch,” llefarodd Klaus. “Gwybodaeth hollol ddiflas, ond mae’n wir. Sunny, gofyn di i fi beth yw mesuriadau’r darn sebon.”

Tybiodd y cranc ei fod wedi cael cyfle i ddianc o’i gornel o’r diwedd, ond roedd Sunny’n rhy gyflym iddo. “Sebon?” gofynnodd i Klaus, gyda’i thraed yn dawnsio’n ôl ac ymlaen yn swnllyd i gadw’r cranc yn gaeth.

“Wyth centimetr wrth wyth centimetr wrth wyth centimetr,” atebodd Klaus heb oedi. “Un hawdd oedd hwnna. Ond ry’ch chi’ch dwy’n gwneud yn wych. Mi fydd y cranc ’na wedi blino cymaint â fi.”

“Na,” meddai Violet, “mae e wedi gorffen ei waith. Gad iddo fynd, Sunny. Mae ’da ni ddigon o ddarnau bach metel maint staplau nawr. Nid ar chwarae bach mae chwarae mig â chranc, ife, Sunny?”

“A beth nesaf?” gofynnodd Klaus, wrth i’r cranc sgrialu i’w guddfan o’r diwedd.

“Storïau Mr Remora,” atebodd Violet. “Rhaid i ti eu dysgu nhw i mi, tra bod Sunny a finne’n plygu’r darnau bach metel ’ma i siâp staplau.”

"Shablo," meddai Sunny, a oedd yn golygu "Shwt yn y byd y gwnawn ni hynny?"

"Edrych," meddai Violet, ac edrychodd Sunny'n ofalus. Tra caeodd Klaus lyfr nodiadau du Isadora ac agor un gwyrdd tywyll Duncan, cymerodd Violet boerad o'r sbigoglys hufennog a'i gymysgu gydag ychydig o wair nes bod y darnau hynny wedi'u gorchuddio â'r stwnsh gludiog. Yna gorchuddiodd ddannedd y fforc â'r glud hwnnw, cyn ei gludo wrth un o'r pentyrrau gwair fel bod dolen y fforc yn hongian dros yr ochr. Chwythodd ar y gymysgedd nes bod y darnau gludiog wedi caledu. "Ro'n i wastad yn meddwl bod sbigoglys hufennog Ysgol Breswyl Prwffrog yn ludiog, a nawr dyma fi'n ei ddefnyddio fel glud. Mae 'da ni ffatri staplau fechan ar y gweill. Os gosodwn ni'r stribedi bychan a dorrodd y cranc ini dros ddolen y fforc, mae ychydig bach yn hongian yn weddill, ar y ddwy ochr. Dyna'r rhannau fydd yn mynd i mewn i'r papur pan fydd hon yn stapl. Y cyfan sydd raid i fi 'neud yw tynnu esgid …" ac ar hynny, tynnodd Violet un o'i sgidiau swnllyd, "…a defnyddio'r sawdl fetel fel morthwyl bychan i blygu'r pennau hynny i siâp stapl. Chi'n gweld?"

"Lithgo!" gwichiodd Sunny. Ystyr hynny oedd "Ti'n athrylith! Ond shwt alla i helpu?"

"Fe alli di helpu trwy gadw dy sgidaiu swnllyd di am dy draed, i gadw'r crancod draw. A tithau, Klaus, fe gei di ddechrau crynhoi'r storïau nawr."

"Roger," meddai Sunny.

"Roger," meddai Klaus, ond unwaith eto, nid sôn am Roger oedd y naill na'r llall. Eu ffordd nhw o ddweud wrth Violet eu bod nhw wedi deall oedd hynny. Ac yn wir, fe fuon nhw'n profi eu bod nhw wedi deall am weddill y noson. Fe fuodd Violet yn morthwylio'n ysgafn i blygu pennau'r darnau main o fetel yn staplau. Fe fuodd Klaus yn darllen yn uchel o lyfr nodiadau Duncan. Ac fe fuodd Sunny'n stompio'r llawr yn ei sgidiau swnllyd. Cyn pen fawr o dro, roedd gan y Baudelairiaid bentwr o staplau ar lawr y cwt a manylion storïau Mr Remora yn eu pennau, ond heb yr un cranc i dorri ar eu traws. Er bod Genghis yr Hyfforddwr yn dal yn fygythiad, a heb fod ymhell i ffwrdd, dechreuodd y plant feddwl bod y noson yn hwyl.

Roedd y noson yn atgoffa'r Baudelairiaid o nosweithiau roedden nhw wedi arfer eu mwynhau slawer dydd gyda'u rhieni, yn un o ystafelloedd byw eu plasty. Byddai Violet yn aml wedi ymgolli mewn rhyw ddyfais neu'i gilydd a oedd ganddi ar y gweill, tra byddai Klaus yn amlach na pheidio yn darllen ac yn rhannu'r wybodaeth oedd newydd ddod i'w ran, a Sunny'n cadw sŵn. Wrth gwrs, bryd hynny, doedd Violet erioed wedi dychmygu y byddai hi byth yn gorfod ymgolli mewn dyfais i achub eu bywydau, doedd Klaus byth yn darllen dim byd mor ddiflas â mesuriadau Mrs Bass a storïau Mr Remora, a doedd Sunny ddim yn gorfod cadw sŵn er mwyn codi braw ar grancod. Serch hynny, wrth i'r amser wibio yn ei flaen, bron na theimlau'r Baudelairiaid yn gartrefol yng Nghwt yr Amddifaid.

Pan ddechreuodd haul cynta'r dydd oleuo'r wybren, dechreuodd y Baudelairiaid deimlo gwefr wahanol iawn i'r un a ddaw wrth wisgo cuddwisg. Roedd hi'n wefr na theimlais i erioed, ac yn un nad oedd yn gyfarwydd iawn i'r Baudelairiaid chwaith. Ond wrth i'r haul ddechrau tywynnu, cafodd y

Baudelairiaid y wefr o deimlo y gallai eu cynllun weithio wedi'r cwbl, a'i bod hi'n bosibl y bydden nhw'n ddiogel ac yn hapus unwaith eto, fel y buon nhw y nosweithiau hynny a oedd yn dal mor fyw yn eu cof.

PENNOD
Deuddeg

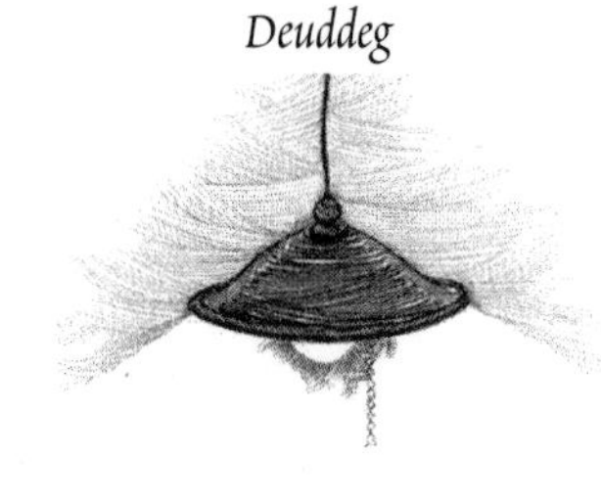

Dylech bob amser fod yn ofalus iawn wrth gymryd pethau'n ganiataol. Fel y gwyddoch chi, rwy'n siŵr, pan fyddwch chi'n "cymryd pethau'n ganiataol" mae'n golygu eich bod chi'n tybio bod rhywbeth yn wir, yn hytrach na gwybod i sicrwydd ei fod e. Mae'r peryglon o gymryd pethau'n ganiataol yn amlwg.

Er enghraifft, wrth ddeffro, fe allech chi fod yn cymryd yn ganiataol bod eich gwely yn yr union fan lle roedd e neithiwr pan aethoch chi iddo, ond wyddoch chi mo hynny'n bendant. Un bore, mae'n bosibl y byddwch chi'n dihuno ac yn sylweddoli bod

y gwely wedi hwylio allan i'r môr. Wedyn, mi fydd hi wedi canu arnoch chi! A'r rheswm dros hynny ydy'r ffaith i chi gymryd yn ganiataol y byddai'r gwely'n aros yn ei unfan.

Fore'r profion, roedd y Baudelairiaid mor flinedig ar ôl astudio a gwneud staplau drwy'r nos – heb sôn am y naw noson o redeg roedden nhw wedi'u dioddef cyn hynny – fe gymeron nhw lawer iawn o bethau'n ganiataol, ac roedden nhw'n anghywir i wneud hynny ar bob un cownt.

"Wel, dyna'r stapl olaf," meddai Violet gan godi'i breichiau i'r awyr am ei bod hi wedi ymlâdd. "Rwy'n credu y gallwn ni gymryd yn ganiataol na fydd Sunny'n colli'i swydd."

"Ac rwyt ti'n gwybod pob manylyn o storïau Mr Remora cystal ag y gwn i holl fesuriadau Mrs Bass," meddai Klaus, gan rwbio'i lygaid. "Felly, rwy'n credu y gallwn ni gymryd yn ganiataol na chawn ni'n hel o'ma."

"Nilclob!" Dylyfodd Sunny ên yn araf. Yr hyn roedd hi am ei ddweud oedd "A 'dan ni ddim wedi gweld y Dwfngorsiaid, felly fe allwn ni gymryd yn ganiataol i'w rhan nhw o'r cynllun weithio fel wats."

"Digon gwir," cytunodd Klaus. "Neu fel arall, rwy'n cymryd yn ganiataol y bydden ni wedi clywed rhywbeth erbyn hyn."

"Dyna dw inne'n 'i dybio hefyd," dywedodd Violet.

"*Dyna dw inne'n 'i dybio hefyd*," meddai llais cas yn dynwared y tu ôl iddynt. Trodd y plant a chael braw o weld yr Is-brifathro Nero'n sefyll yno gyda phentwr o bapurau yn ei ddwylo. Fe dybion nhw ar y dechrau ei fod e ar ei ben ei hun, ond gyda syndod, fe sylwon nhw fod Mr Remora a Mrs Bass yn sefyll reit y tu ôl iddo. "Gobeithio'ch bod chi wedi bod yn astudio'n galed drwy'r nos," meddai Nero wedyn, "achos rwy wedi dweud wrth eich athrawon am wneud y profion hyn yn arbennig o anodd. Mae'r darnau papur y bydd raid i'r babi eu staplo'n arbennig o drwchus hefyd. Wel, gwell imi ddechrau. Fe fydd Mr Remora a Mrs Bass yn gofyn cwestiynau i chi, y naill ar ôl y llall, tan y caiff un ohonoch chi ateb yn anghywir. Wedyn, mi fyddwch chi wedi methu'r holl arholiad. Deall? Sunny, fe fyddi di'n eistedd yng nghefn y cwt yn staplo'r papurau 'ma i greu llyfrynnau o bum tudalen yr un. Ac os na fydd dy staplau di'n gweithio, mi fyddi dithau'n methu. Wel, does gan athrylith cerddorol fel fi ddim amser i'w wastraffu yn arolygu profion. Dewch! Rwy wedi colli gormod o amser yn barod."

Ar hynny, lluchiodd Nero'r pentwr papurau draw at un o'r pentyrrau gwair, a'r staplwr ar eu hôl. Cropiodd Sunny draw atynt cyn gyflymed ag y gallai gan ddechrau rhoi'r staplau yn y staplwr. Safodd Klaus ar ei draed, gan ddal yn ei afael yn dynn yn llyfrau nodiadau'r Dwfngorsiaid. Tynnodd Violet ei sgidiau swnllyd oddi am ei thraed. Llyncodd Mr Remora ddarn o fanana, cyn gofyn ei gwestiwn cyntaf.

"Yn fy stori am y mul," meddai, "sawl milltir a redodd y mul?"

"Chwech," atebodd Violet yn gyflym.

"*Chwech*," gwatwarodd Nero. "All hynny byth â bod yn gywir, Mr Remora."

"Yyyyy, ydy, mae e, fel mae'n digwydd," atebodd Mr Remora, gan gnoi darn arall o fanana.

"Beth oedd lled y llyfr gyda'r clawr melyn?"

gofynnodd Mrs Bass.

"Un deg naw centimetr," atebodd Klaus yn syth.

"*Un deg naw centimetr*," chwarddodd Nero. "Anghywir, yntefe, Mrs Bass?"

"Na," cyfaddefodd Mrs Bass, "dyna'r ateb cywir."

"Wel, dewch â chwestiwn arall 'te, Mr Remora," meddai Nero.

"Yn y stori am y madarch," gofynnodd Mr Remora i Violet, "beth oedd enw'r cogydd?"

"Morys," atebodd Violet.

"*Morys*," dynwaredodd Nero.

"Cywir," meddai Mr Remora.

"Beth oedd hyd brest cyw iâr rhif saith?" gofynnodd Mrs Bass.

"Un deg pedwar centimetr a phum milimetr," meddai Klaus.

"*Un deg pedwar centimetr a phum milimetr*," dynwaredodd Nero.

"Hollol gywir," meddai Mrs Bass. "Chi'n fyfyrwyr da dros ben, y ddau ohonoch, er ichi gysgu drwy'r rhan fwyaf o 'ngwersi'n ddiweddar."

"'Na ddigon o fân siarad," meddai Nero.

"Methwch nhw, wir. Dw i erioed wedi hel plentyn o'r ysgol o'r blaen ac rwy'n edrych ymlaen at wneud hynny."

"Yn y stori am y lorri a oedd yn cario cerrig," gofynnodd Mr Remora, wrth i Sunny lwyddo i staplo'r llyfryn cyntaf at ei gilydd, "pa liw oedd y cerrig?"

"Llwyd a brown."

"*Llwyd a brown*."

"Cywir."

"Beth oedd dyfnder sosban gawl fy mam?"

"Chwe centimetr."

"*Chwe centimetr*."

"Cywir."

"Yn y stori am y wenci, beth oedd ei hoff liw?"

Rhygnodd yr arholiad yn ei flaen, a phetawn i'n ailadrodd pob cwestiwn diflas a dibwrpas a ofynnodd Mr Remora a Mrs Bass, mae'n eitha posibl y byddech chi'n syrthio i gysgu ac yn defnyddio'r llyfr hwn fel gobennydd yn hytrach nag fel stori ddifyr ac addysgiadol sydd i fod o fudd i feddyliau ifanc. Yn wir, roedd y profion mor ddiflas, mae'n eitha' posibl y byddai'r Baudelairiaid eu hunain wedi syrthio i gysgu mewn amgylchiadau cyffredin. Ond doedd fiw iddyn nhw ddechrau pendwmpian. Roedd un ateb anghywir neu un stapl nad oedd yn gweithio yn mynd i fod yn ddigon i'w rhoi nhw dan ofal Genghis yr Hyfforddwr. Gwnaeth y tri phlentyn eu gorau glas. Canolbwyntiodd Violet yn galed i gofio pob manylyn a ddysgodd Klaus iddi. Canolbwyntiodd Klaus yn galed i gofio pob mesuriad roedd e wedi'i ddysgu. Canolbwyntiodd Sunny ar staplo fel lladd nadroedd, ymadrodd sydd yma'n golygu "yn gyflym a chywir".

O'r diwedd, ar ganol ei wythfed banana, trodd Mr Remora at yr Is-brifathro Nero. "Nero," meddai, "ofer fyddai parhau â'r prawf. Mae Violet yn fyfyrwraig benigamp ac mae'n amlwg ei bod hi wedi astudio'n galed."

Cytunodd Mrs Bass drwy nodio'i phen. "Yn ystod yr holl flynyddoedd y bues i'n dysgu, welais i erioed hogyn mor fetrig-ddoeth â Klaus. A hyd y galla i weld, mae Sunny'n ysgrifenyddes dda hefyd. Edrychwch ar y llyfrynnau 'ma! Maen nhw'n rhagorol."

"Wwwwwww, gwlei," gwichiodd Sunny.

"'Ydyn wir – diolch yn fawr' yw'r hyn mae fy chwaer yn ceisio'i ddweud," eglurodd Violet, er mai'r hyn roedd Sunny am ei ddweud go iawn oedd rhywbeth tebycach i "Mae fy llaw fach i wedi blino". "Ydy hyn yn golygu y cawn ni aros yn Ysgol Prwffrog?"

"O, gadewch iddyn nhw aros," meddai Mr Remora. "Fe allech chi hel y Carmelita Sbats 'na o'ma yn lle 'ny. Dyw hi'n gwneud dim gwaith, ac ar ben hynny hen jaden yw hi."

"O, ie, wir," meddai Mrs Bass. "Beth am roi profion arbennig o galed iddi hi?"

"Alla i ddim hel Carmelita Sbats o'ma," meddai Nero'n ddiamynedd. "Hi yw Negesydd Arbennig Genghis yr Hyfforddwr."

"Pwy?" gofynnodd Mr Remora.

"Genghis yr Hyfforddwr," eglurodd Mrs Bass. "Ti'n gwbod! Yr athro ymarfer corff newydd."

"O, fe," dywedodd Mr Remora. "Dw i wedi clywed sôn amdano, ond erioed wedi cwrdd ag e. Shwt un yw e?"

"Fe yw'r athro ymarfer corff gorau a welodd y byd erioed," meddai'r Is-brifathro Nero, gan ysgwyd y pedwar cudyn gwallt bob ochr i'w ben. "Ond does dim angen i chi gymryd 'y ngair i'n unig. Dyma fe nawr, yn dod tuag aton ni."

Gan godi un o'i ddwylo blewog, pwyntiodd Nero trwy ddrws Cwt yr Amddifaid, a gallai'r Baudelairiaid, er mawr arswyd iddyn nhw, weld ei fod yn dweud y gwir. Yn cerdded yn syth tuag atynt, gan chwibanu rhyw gân ddi-ddim, roedd Genghis yr Hyfforddwr. Deallodd y plant yr eiliad honno iddyn nhw fod yn ffôl iawn i gymryd o leia un peth yn ganiataol. Nid trwy dybio na fyddai Sunny'n colli ei swydd y buon nhw'n ffôl – er na ddylen nhw fod wedi cymryd hynny'n ganiataol chwaith, fel mae'n digwydd. Ac nid trwy dybio na châi Violet a Klaus eu hel o'r ysgol y buon nhw'n ffôl – er na ddylen nhw fod wedi cymryd hynny'n ganiataol chwaith.

Eu ffolineb mawr – a'r hyn a sylweddolon nhw'n syth – oedd cymryd yn ganiataol bod popeth wedi mynd yn iawn i'r Dwfngorsiaid.

Wrth iddo ddod yn nes ac yn nes, gallai'r

Baudelairiaid weld ei fod yn cario rhuban Violet yn un llaw, a sbectol Klaus yn y llall. Yn codi o wadnau ei sgidiau rhedeg drud wrth iddo gerdded roedd cymylau bach gwyn, a sylweddolodd y plant mai blawd o'r pecyn a gafodd ei ddwyn oedd yn achosi hynny.

Ond yn fwy na'r rhuban a'r sbectol a'r cymylau o flawd, yr hyn a wnaeth i'r Baudelairiaid ddeall bod pethau wedi mynd o chwith, ac na ddylen nhw fod wedi cymryd dim yn ganiataol, oedd yr olwg yn llygaid Genghis. Wrth iddo'u cyrraedd, roedd ei lygaid yn disgleirio'n llachar, fel petai newydd gario'r dydd mewn gêm roedd wedi bod yn ei chwarae ers amser maith iawn, iawn.

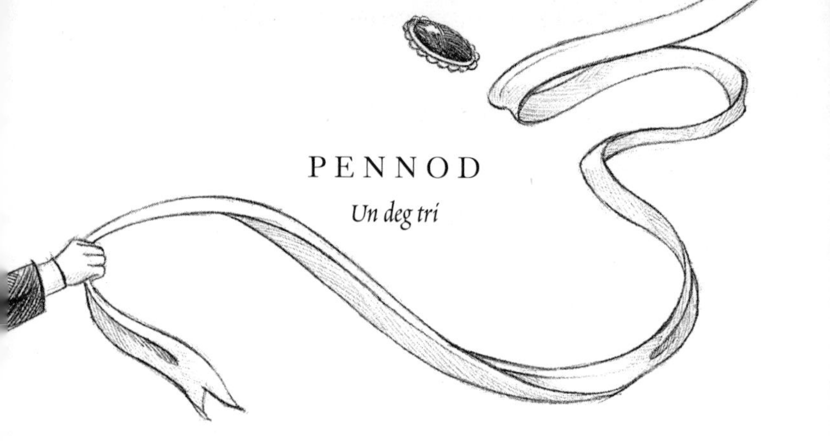

PENNOD
Un deg tri

"*Ble* maen nhw?" gwaeddodd Violet ar Genghis yr Hyfforddwr pan gamodd i mewn i'r cwt. "Beth 'ych chi wedi'i wneud â nhw?" Nawr, does dim angen imi ddweud wrthych chi nad dyna'r ffordd orau i ddechrau sgwrs. Fel arfer, bydd pobl yn dweud rhywbeth fel "Helô, shwt 'ych chi?" neu "Pa hwyl? Sut 'dach chi?" Ond roedd yr hynaf o'r Baudelairiaid wedi'i chyffroi ormod i wneud yr hyn sy'n arferol.

Er bod llygaid Genghis yn berwi o ddisgleirdeb, roedd ei lais yn dawel a dymunol. "Dyma nhw," meddai, gan ddal y rhuban a'r sbectol yn yr awyr. "Ro'n i'n meddwl y byddech chi'n gofidio amdanyn nhw, felly dyma fi'n dod â nhw'n ôl i chi ben bore."

"Nid y *rhain* oedd Violet yn ei olygu!" meddai

Klaus, gan gipio'r eitemau o law esgyrnog Genghis. "Sôn amdanyn *nhw* 'dan ni!"

"Wn i ddim am beth ry'ch chi'n sôn," dywedodd Genghis, gan gogio diniweidrwydd wrth edrych i gyfeiriad yr oedolion eraill. "Fe fuodd yr amddifaid wrthi ar y lawnt flaen neithiwr, yn gwneud ymarferion Rh.Y.B.A.T., ond fe ruthron nhw bant ar y diwedd i astudio ar gyfer eu harholiadau, gan ollwng y rhuban a'r sbectol ar lawr ..."

"Nid dyna a ddigwyddodd o gwbl," torrodd Violet ar ei draws, "a chi'n gwbod ein bod ni'n dweud y gwir. Ble mae'r Dwfngorsiaid? Beth 'ych wedi'i neud â'n ffrindie ni?"

"*Beth 'ych wedi'i neud â'n ffrindie ni?*" dynwaredodd Nero yn ei lais gwatwarus. "Mae'r amddifaid 'ma'n siarad dwli rhonc."

"Nid dwli rhonc, mae arna i ofn," meddai Genghis, gan ysgwyd ei ben tyrbanog. "Nid rhuban a sbectol oedd yr unig bethau a gafodd eu gadael ar ôl, gwaetha'r modd. Pan adawodd y ddau blentyn amddifad hŷn, fe sylwais i fod y babi'n dal i orwedd ar lawr fel sach o flawd. Fe es i draw, wrth gwrs, i roi cic iddi, i'w chael hi i ddechrau symud."

"Syniad campus!" meddai Nero. "Dyma beth yw stori dda! A beth ddigwyddodd wedyn?"

"Wel, ar y dechrau ro'n i'n meddwl 'mod i wedi cicio twll mawr yn y babi," atebodd Genghis, ei lygaid yn disgleirio. "A doeddwn i ddim yn meddwl fod hynny'n ddrwg o beth, achos un sâl am redeg yw Sunny ac fe fyddai wedi bod yn fendith rhoi terfyn arni."

Curodd yr is-brifathro'i ddwylo. "Hawdd credu hynny, Genghis," meddai. "Ysgrifenyddes sâl yw hi hefyd."

"Ond mae hi wedi gwneud gwaith staplo gwych," protestiodd Mr Remora.

"Caewch eich ceg a rhoi cyfle i'r hyfforddwr orffen ei stori, wir."

"Ond o edrych yn fanylach, nid babi ro'n i wedi'i gicio o gwbl, ond pecyn o flawd! Twyll oedd y cyfan!"

"Gwarthus!" gwaeddodd Nero.

"Felly, dyma fi'n rhedeg ar ôl Violet a Klaus a darganfod nad Violet a Klaus oedden nhw o gwbl, ond yr amddifaid eraill 'na – yr efeilliaid 'na sy'n honni bod 'na dri ohonyn nhw!"

"Roedd 'na dri ohonyn nhw!" gwaeddodd Violet. "Mae un wedi marw!"

"*Roedd 'na dri ohonyn nhw! Mae un wedi marw!*" gwatwarodd Nero. "Siarad dwli eto! Ystyr tripledi yw fod pedwar babi'n cael eu geni ar yr un pryd. A dim ond dau blentyn Dwfngors sy 'na."

"A'r union ddau Ddwfngors hynny oedd yn esgus mai Baudelairiaid oedden nhw, er mwyn rhoi amser astudio ychwanegol i'r Baudelairiaid go iawn."

"Amser ychwanegol i astudio?" meddai Nero'n wên o glust i glust. "Hi hi hi! Twyllo yw hynny!"

"Nid twyllo yw hynny!" meddai Mrs Bass.

"Mae osgoi ymarfer corff er mwyn astudio yn enghraifft o dwyllo," mynnodd Nero.

"Na, gwneud defnydd da o'ch amser yw hynny," dadleuodd Mr Remora. "Does dim byd o'i le ar chwaraeon, ond ddylen nhw ddim atal plant rhag astudio."

"Fi yw'r Is-brifathro," meddai'r Is-brifathro, "ac yn 'y marn i, roedd y Baudelairiaid yn twyllo. Felly – hwrê – fe alla i'ch hel chi o'r ysgol. Dim ond athrawon 'ych chi'ch dau, ac os ydych chi'n mynnu dadlau â mi, fe wna i 'ch hel chithe o'ma hefyd."

Edrychodd Mr Remora ar Mrs Bass a chododd y ddau eu hysgwyddau i ddangos eu bod nhw'n ildio. "Chi yw'r bòs, Nero," dywedodd Mr Remora o'r diwedd, gan dynnu banana arall o'i boced. "Os 'ych chi'n dweud eu bod nhw i fynd, yna maen nhw i fynd."

"Ydyn, maen nhw'n mynd," meddai Nero. "Ac mae Sunny'n colli'i swydd."

"Rantaw!" gwichiodd Sunny, a oedd yn golygu "Doeddwn i erioed ishe bod yn ysgrifenyddes, ta beth!"

"Nid cael ein hel o'ma sy'n ein blino ni," meddai Violet. "Ishe gwbod beth ddigwyddodd i'r Dwfngorsiaid 'dan ni."

"Wel, rhaid oedd cosbi'r Dwfngorsiaid am eu rhan nhw yn y twyll," meddai Genghis yr Hyfforddwr. "Es i â nhw draw i'r ffreutur ac mae'r gweithwyr yno'n edrych ar eu hôl. Mi fydd y ddau'n sgramblo wyau am weddill y dydd."

"Call iawn," meddai Nero.

“Dyna eu cosb nhw?” holodd Klaus yn amheus. “Sgramblo wyau?”

“Dyna beth ddywedes i,” atebodd Genghis, a phwysodd mor agos at y Baudelairiaid fel mai’r cyfan y medren nhw ei weld oedd disgleirdeb ei lygaid a’r tro bach cam yn ei geg filain. “Cyn diwedd y dydd, fe fydd y Dwfngorsiaid ’na wedi sgramblo’u hunain i ebargofiant.”

“Celwyddgi,” meddai Violet.

“Ry’ch chi’n sarhau eich hyfforddwr! Twt, twt!” meddai Nero gan ysgwyd ei ben. “Nawr fe gewch chi’ch hel o’ma ddwywaith.”

“Beth yw hyn?” meddai llais o gyfeiriad y drws. “Pwy sy’n cael eu hel o’ma ddwywaith?”

Stopiodd y llais i gymryd pesychiad hir a gwlyb. Am y rheswm hwnnw, fe wyddai’r Baudelairiaid, heb edrych, mai Mr Poe oedd yna. Safai yn nrws Cwt yr Amddifaid yn dal cwdyn papur anferth ac yn edrych yn brysur a dryslyd dros ben.

“Pam mae pawb yn sefyll fan hyn ’te?” gofynnodd wedyn. “Dyw’r cwt ’ma ddim yn ffit i neb sefyll o gwmpas a sgwrsio ynddo.”

"Pwy 'ych *chi* i ddechrau sgwrs â fi yn unman?" oedd ymateb Nero. "Does gan bobl ddieithr ddim hawl i grwydro o gwmpas Ysgol Breswyl Prwffrog, wyddoch chi?"

"Poe yw'r enw," cyhoeddodd Mr Poe, gan ysgwyd llaw Nero. "Rhaid mai chi yw Nero. Ry'n ni wedi siarad ar y ffôn. Fe ges i'ch neges e-bost am y dau ddeg wyth pecyn o losin a'r deg pâr o glustdlysau gwerthfawr. Y farn gyffredinol yn y banc oedd y dylwn i ddod â nhw yma'n bersonol. Ond beth yw hyn am hel y plant o'ma?"

"Yr amddifaid 'ma a gafodd eu gadael yma," meddai Nero. "'Dyn nhw'n ddim byd ond twyllwyr gwarthus. Does gen i ddim dewis …"

"Twyllwyr?" meddai Mr Poe, gan edrych yn fygythiol ar y tri phlentyn. "Violet, Klaus a Sunny, rwy wedi fy siomi'n arw ynoch chi. A chithau wedi addo bod yn fyfyrwyr da."

"Wel, dim ond Violet a Klaus oedd yn fyfyrwyr," meddai Nero. "Cynorthwy-ydd gweinyddol oedd Sunny, ond un sâl drybeilig."

Agorodd llygaid Mr Poe led y pen mewn syndod

ac oedodd i beswch eto yn ei hances. "Cynorthwy-ydd gweinyddol?" ailadroddodd. "Ond dim ond babi yw Sunny. Mewn ysgol feithrin ddylai hi fod, nid swyddfa."

"Wel, does dim taten o ots nawr," meddai Nero. "Mae'r tri ar fin gadael. Nawr, dewch â'r losin 'na i fi."

Edrychodd Klaus i lawr ar lyfrau nodiadau'r Dwfngorsiaid, gan ofni yn ei galon mai dim ond y llyfrynnau hynny fyddai ar ôl ganddo i gofio am y Dwfngorsiaid. "Does dim amser i drafod losin," gwaeddodd. "Mae Iarll Olaf wedi gwneud rhywbeth erchyll i'n ffrindiau!"

"Iarll Olaf?" meddai Mr Poe, gan estyn y pecyn losin i Nero. "Peidiwch â dweud wrtha i bod hwnnw wedi dod o hyd i chi yma!"

"Naddo, wrth gwrs," atebodd Nero. "Mae fy system gyfrifiadurol flaengar i wedi gofalu nad yw hwnnw wedi dod ar gyfyl y lle. Ond mae'r plant yn mynnu mai Iarll Olaf yw Genghis yr Hyfforddwr."

"Iarll Olaf," meddai Genghis yr Hyfforddwr. "Do, rwy wedi clywed yr enw. Fe yw'r actor gorau yn y byd i gyd, yn ôl y sôn. A fi yw'r athro ymarfer corff gorau yn y byd – felly, does dim posib mai'r un person 'yn ni."

Edrychodd Mr Poe ar Genghis o'i gorun i'w sawdl ac ysgydwodd ei law. "Dda 'da fi gwrdd â chi," dywedodd, ac yna trodd at y plant. "Blant, rwy wedi synnu atoch chi. Hyd yn oed heb system gyfrifiadurol flaengar fe ddylai fod yn amlwg nad Iarll Olaf yw hwn. Un ael hir sydd gan Olaf ar draws ei lygaid, ond mae gan y gŵr hwn dyrban. Ac mae tatŵ o lygad ar bigwrn Olaf, tra bod y gŵr hwn yn gwisgo pâr o sgidiau rhedeg drud – rhai deniadol iawn hefyd, os ca' i ddweud."

"O, diolch yn fawr," meddai Genghis yr Hyfforddwr. "Yn anffodus, diolch i'r plant 'ma, mae blawd wedi eu sarnu nhw braidd – ond fe fydd yn golchi bant, gobeithio."

"'Tasech chi'n tynnu'r tyrban a'r sgidiau oddi amdano," rhuthrodd Violet yn ei blaen yn ddiamynedd, "fe welech chi mai Olaf yw e."

"Ry'n ni wedi mynd dros hyn o'r blaen," atebodd Nero. "All e ddim diosg 'i sgidiau am fod 'i draed e'n drewi."

"A cha' i ddim diosg y tyrban am resymau crefyddol," ychwanegodd Genghis.

"Ond nid am resymau crefyddol mae'r tyrban am eich pen yn y lle cyntaf!" mynnodd Klaus yn ddig, a gwichiodd Sunny i ddangos ei bod yn cytuno, "Cuddwisg yw'r tyrban! Da chi, Mr Poe, gwnewch iddo ddiosg y tyrban!"

"Nawr, Klaus," meddai Mr Poe yn chwyrn, "rhaid parchu crefyddau pobl eraill. Maddeuwch iddo, Genghis yr Hyfforddwr. Dyw'r plant ddim fel arfer yn rhagfarnllyd."

"Popeth yn iawn," meddai Genghis. "Rwy wedi hen arfer â rhagfarnau pobl."

"Serch hynny," aeth Mr Poe yn ei flaen ar ôl pwl arall o beswch, "fe garwn i ofyn i chi dynnu'r sgidiau rhedeg, petai ond i roi tawelwch meddwl i'r Baudelairiaid. Rwy'n siŵr y bydden ni i gyd yn gallu goddef tipyn o ddrewdod am ychydig er mwyn cael tawelwch meddwl."

"Traed drewllyd," meddai Mrs Bass, gan grychu'i thrwyn.

"Alla i ddim diosg y sgidiau mae arna i ofn," meddai Genghis yr Hyfforddwr, gan gymryd cam tua'r drws. "Mae eu hangen nhw arna i."

"Eu hangen nhw?" gofynnodd Nero. "I beth?"

Cymerodd Genghis yr Hyfforddwr gip gofalus ar y tri phlentyn Baudelaire gan roi gwên ddanheddog front, cyn dweud, "Er mwyn rhedeg, wrth gwrs." A chyda hynny, heglodd hi drwy'r drws.

Cafodd yr amddifaid fraw am eiliad – nid yn unig am ei fod wedi dechrau rhedeg mor ddirybudd, ond hefyd am iddo ildio mor gyflym. Ar ôl cynllunio mor hir – ei guddwisg, yr holl redeg, cael Nero i'w hel nhw o'r ysgol – dyma lle roedd e'n dianc ar draws y lawnt yn gyflym, heb gymryd cip yn ôl unwaith i edrych ar y plant y bu e'n cynllwynio mor galed i'w cipio. Camodd y Baudelairiaid o'r cwt, yna trodd Genghis unwaith i grechwenu arnynt.

"Peidiwch â chredu 'mod i wedi rhoi'r gorau i 'mwriad o gael 'y nwylo arnoch *chi*, amddifaid," gwaeddodd. "Ond yn y cyfamser, mae gen i ddau garcharor sy'n berchen ar eu ffortiwn fach eu hunain!"

Dechreuodd redeg eto, ond nid tan ar ôl iddo bwyntio ar draws y lawnt ag un o'i fysedd esgyrnog. Ochneidiodd y Baudelairiaid gyda'i gilydd. Draw ym mhen pellaf adeilad Ysgol Breswyl Prwffrog fe allen nhw weld car du gyda mwg duach fyth yn llifo o'r ecsôst. Ond nid y ffaith fod y car yn llygru'r awyr a achosodd i'r plant ochneidio. Yn cerdded tuag at y car, roedd dau o weithwyr y ffreutur – y rhai fyddai wastad yn gwisgo mygydau. Y gwahaniaeth nawr oedd fod y mygydau wedi'u diosg a gallai'r plant weld mai'r ddwy fenyw gyda phowdwr gwyn ar eu hwynebau oedd y ddwy – cyfeillion Iarll Olaf. Ond er mor anghynnes oedd gweld hynny, nid dyna oedd wedi achosi i'r plant ochneidio chwaith.

Yr hyn a wnaeth i'r plant ochneidio oedd y ffaith fod y menywod yn llusgo plentyn yr un i gyfeiriad y car – Duncan ac Isadora Dwfngors.

"Rhowch nhw yn y sedd gefn!" gwaeddodd Genghis, wrth weld y ddau dripled yn brwydo'u gorau glas i dorri'n rhydd. "Fe yrra i! Brysiwch!"

"Beth yn y byd mawr mae Genghis yr Hyfforddwr yn 'i 'neud â'r plant 'na?" gofynnodd Mr Poe gan wgu.

Cymaint oedd consyrn y Baudelairiaid am eu ffrindiau, wnaethon nhw ddim hyd oed troi i egluro dim i Mr Poe. Ar ôl yr holl ymarferion Rh.Y.B.A.T, roedd cyhyrau eu coesau'n gryf a chwim, a dechreuodd Violet, Klaus a Sunny redeg fel y gwynt.

"Ar 'u holau nhw!" bloeddiodd Violet, gyda'i gwallt yn chwifio'n wyllt o'i hôl. Daliodd Klaus yn dynn yn y llyfrau nodiadau wrth redeg. A symudodd Sunny mor gyflym ag y gallai trwy gropian ar ôl y ddau.

Pesychodd Mr Poe mewn syfrdandod, cyn dechrau rhedeg hefyd. Yna, dilynodd Nero, Mr Remora a Mrs Bass. Petaech chi wedi digwydd bod yn cuddio wrth y bwa mawr ac yn gallu gweld yr olygfa, fe fyddech wedi gweld y ras ryfedda'n croesi'r lawnt, gyda Genghis yr Hyfforddwr ar y blaen, y Baudelairiaid wrth ei gwt, a phedwar oedolyn rhyfedd iawn yr olwg yn bustachu yn y pellter.

Petaech chi wedi dal i edrych, mi fyddech wedi gweld "datblygiad rhyfeddol" yn y ras – ymadrodd sydd yma'n golygu fod y Baudelairiaid yn ennill tir ar Genghis. Roedd coesau'r hyfforddwr yn hirach o lawer na rhai'r plant, wrth gwrs, ond roedd e wedi treulio'r deg noson ddiwethaf yn sefyll yn ei unfan ac yn chwythu'r chwibanogl. Roedd y plant, ar y llaw arall, wedi treulio'r nosweithiau hynny'n rhedeg rownd a rownd y trac, un lap ar ôl y llall.

Mae'n gas gen i oedi mewn man mor gyffrous yn y stori, ond rwy'n teimlo bod yn rhaid imi dorri ar draws fan hyn i roi un rhybudd olaf i chi wrth inni nesu at ddiwedd y stori ddiflas hon. O glywed bod y Baudelairiaid yn cau'r bwlch rhyngddyn nhw a'u gelyn pennaf, mae'n bosibl y bydd rhai ohonoch chi'n meddwl mai dyna'r adeg yn eu bywydau pan lwyddwyd i ddal y cythraul erchyll hwn a bod modd, o'r diwedd, i Violet, Klaus a Sunny ddod o hyd i rywrai call i'w gwarchod a threulio gweddill eu bywydau mewn rhyw fath o hapusrwydd – yn sefydlu'r cwmni argraffu y buon nhw'n ei drafod gyda'r Dwfngorsiaid, efallai.

Mae croeso ichi gredu mai dyna sut y daeth pethau i ben, os mynnwch chi – ond mewn gwirionedd, nid fel'na y bu hi. Roedd y bennod hon yn hanes yr amddifaid Baudelaire i orffen yn affwysol o anffodus ac yn frawychus tu hwnt. Os byddai'n well 'da chi beidio â chlywed beth ddigwyddodd iddyn nhw go iawn, dylech roi'r llyfr hwn o'r neilltu'r munud 'ma a dychmygu rhyw ddiweddglo tyner.

Rwyf wedi cymryd llw i gofnodi hanes y Baudelairiaid yn union fel y digwyddodd pethau, ond dydych chi ddim – hyd y gwn i, ta beth. Does dim rhaid ichi ddal ati i ddarllen a darganfod sut yn union mae'r stori drist hon yn gorffen, a dyma'ch cyfle olaf un i osgoi dod i wybod y caswir.

Violet a gyrhaeddodd Genghis yr Hyfforddwr gyntaf, a neidiodd mor uchel â phosibl i gydio yn y tyrban am ei ben. Un darn hir o ddefnydd wedi'i lapio'n dynn a chymhleth am ben dyn yw tyrban, fel y gwyddoch chi'n barod, fwy na thebyg. Ond roedd Genghis wedi twyllo – achos wedi'r cwbl, doedd e ddim yn gwisgo tyrban am resymau crefyddol, ond fel rhan o'i guddwisg. Y cyfan oedd e wedi'i wneud oedd lapio'r defnydd rywsut rywsut, fel y byddwch chi'n lapio tywel am eich canol ar ôl dod o'r gawod. Dyna pam y datododd y tyrban yn syth pan gafodd Violet afael arno.

Roedd hi wedi gobeithio y byddai tynnu'r tyrban oddi ar ei ben wedi gwneud iddo stopio, ond y cyfan a ddigwyddodd oedd bod ganddi ddarn hir o ddefnydd yn ei llaw. Dal ati i redeg a wnaeth Genghis yr Hyfforddwr, ei un ael hir ar draws ei dalcen yn sgleinio o chwys.

"Edrychwch!" meddai Mr Poe, a oedd yn ddigon agos i weld, er ei fod ymhell ar eu holau nhw. "Un ael sydd gan Genghis, yn union fel Olaf!"

Sunny oedd y Baudelaire nesaf i gyrraedd Genghis a gan mai cropian ar hyd y llawr oedd hi, roedd hi mewn safle ddelfrydol i ymosod ar sgidiau'r hyfforddwr. Gan ddefnyddio pob un o'i phedwar dant, cnôdd y careiau'n ddidrugaredd. Datododd y clymau'n rhwydd ddigon, gan adael darnau mân o gareiau ar y lawnt frown. Er bod Sunny wedi gobeithio y byddai datod y careiau'n ddigon i faglu Genghis, y cyfan a wnaeth e oedd camu allan o'r sgidiau a dal ati i redeg. Fel llawer o bobl warthus, doedd Genghis ddim yn gwisgo sanau – a dyna pam y gallai pawb weld tatŵ o lygad yn sgleinio o chwys ar ei bigwrn chwith.

"Edrychwch!" meddai Mr Poe, a oedd yn dal yn rhy bell i fod o unrhyw help, ond yn ddigon agos i allu gweld. "Mae gan Genghis datŵ o lygad, yn union fel Olaf! A dweud y gwir, dw i'n credu mai Iarll Olaf *yw* e!"

"Ie, wrth gwrs!" bloeddiodd Violet, gan chwifio defnydd y tyrban yn yr awyr.

"Mardu!" gwichiodd Sunny, gan godi darn bach o'r careiau toredig i'r awyr. Ystyr hynny, fwy na thebyg, oedd "Dyna 'dan ni wedi bod yn trio'i ddweud wrthoch chi."

Ddywedodd Klaus 'run gair. Defnyddiai ei holl egni ar redeg, ond nid rhedeg ar ôl y dyn y gallwn ni o'r diwedd ei alw wrth ei enw cywir, Iarll Olaf, yr oedd e. Ceisio cyrraedd y car yr oedd Klaus. Roedd y menywod powdrog yn hyrddio'r Dwfngorsiaid i'r sedd gefn, a gwyddai Klaus mai dyma'r unig gyfle a gâi i'w hachub nhw.

"Klaus! Klaus!" gwaeddodd Isadora pan gyrhaeddodd y car. Gollyngodd y llyfrau nodiadau ar lawr a gafael yn llaw ei ffrind. "Helpa ni!"

"Dal d'afael!" gwaeddodd Klaus yn ôl, gan

ddechrau tynnu Isadora o'r car. Heb yngan gair, camodd un o'r menywod powdrog ymlaen a chnoi llaw Klaus, gan ei orfodi i ollwng ei afael. O ochr arall y sedd, estynnodd y fenyw arall drosodd i gau'r drws.

"Na!" llefodd Klaus, gan geisio cydio eto yn nolen y drws. Yn ôl ac ymlaen, bu'r drws yn agor ac yn cau am funud, wrth i Klaus a'r wraig dynnu arno â'u holl nerth.

"Klaus!" gwaeddodd Duncan y tu cefn i Isadora. "Clyw, Klaus! Os aiff rhywbeth o'i le …"

"Aiff dim byd o'i le," addawodd Klaus, wrth dynnu mor galed â phosibl ar y drws. "Fe fyddwch chi allan mewn eiliad!"

"Os aiff rhywbeth o'i le," meddai Duncan eto, "mae 'na un peth y dylech chi wybod. Pan oedden ni'n ymchwilio i hanes Iarll Olaf, fe ddaethon ni o hyd i rywbeth arswydus!"

"Allwn ni drafod hyn rywbryd eto?" meddai Klaus, gan frwydro gyda'r drws.

"Edrychwch yn y llyfrau nodiadau!" bloeddiodd Isadora. "Mae –" Cododd un o'r menywod powdrog law dros geg Isadora i'w hatal rhag dweud rhagor.

Trodd Isadora'i phen yn chwyrn, er mwyn ceisio torri'n rhydd. "Mae –" Ond gorchuddiwyd ei cheg drachefn gan law'r fenyw.

"Un eiliad!" ceisiodd Klaus ei hannog i ddal gafael. "Un eiliad!"

"Yn y llyfrau nodiadau!" sgrechiodd Duncan, ac yna ychwanegodd dair llythyren arbennig a fyddai'n aros ym meddwl Klaus am amser maith i ddod. Prin yr oedd e wedi gweiddi'r llythrennau pan gafodd yntau ei dewi gan law'r wraig arall.

"Beth?" meddai Klaus.

Ysgydwodd Duncan ei ben yn egnïol, gan lwyddo i dorri'n rhydd yn ddigon hir i sgrechian y llythrennau eto. A dyna'r peth olaf a glywodd Klaus ganddo. Er bod y ffaith iddo golli'i sgidiau drud wedi arafu Iarll Olaf, roedd e bellach wedi cyrraedd y car. Gan ruo'n fyddarol, cydiodd yn llaw Klaus a defnyddio'i ewinedd i'w thynnu'n rhydd o ddolen y drws. Wrth gau'r drws yn glep, ciciodd Klaus yn ei fola gan ei hyrddio i'r llawr, lle y glaniodd yn *shwps!* wrth y llyfrau nodiadau a ollyngodd o'i law. Safodd y dihiryn drosto fel cawr. Rhoddodd wên gyfoglyd, cyn plygu i godi'r llyfrau nodiadau a'u cuddio'n dwt dan ei gesail.

"Na!" sgrechiodd Klaus, ond y cyfan a wnaeth Iarll Olaf oedd parhau i wenu, eistedd yn sedd y gyrrwr a dechrau gyrru ymaith. Yr eiliad honno, cyrhaeddodd Violet a Sunny ei brawd.

Gwnaeth Klaus ei orau i sefyll ar ei draed, gan rwbio'i stumog boenus. Gallai weld bod ei chwiorydd yn gwneud ymdrech lew i redeg ar ôl y car hir, du. Ond roedd Olaf yn torri'r gyfraith ac yn gyrru'n gyflymach nag y dylai. Roedd hi'n dasg amhosibl. Yn fuan iawn, bu'n rhaid i'r ddwy roi'r gorau iddi.

Yng nghefn y car, roedd y Dwfngorsiaid wedi dringo o afael y ddwy fenyw bowdrog ac yn dyrnu'n ddidrugaredd ar y ffenestr. Doedd dim modd i Violet, Klaus na Sunny glywed beth oedd y ddau'n weiddi arnynt. Y cyfan a welent oedd yr arswyd pur ar eu hwynebau. Ac yna'n sydyn, fe gydiodd dwylo'r ddwy fenyw yn y ddau blentyn drachefn gan eu tynnu o'r ffenestr. Diflannodd wynebau'r Dwfngorsiaid o fewn eiliad a doedd dim mwy i'r Baudelairiaid ei weld wrth i'r car wibio ymaith.

“Rhaid inni fynd ar eu holau!” sgrechiodd Violet, ei hwyneb yn ffrydiau o ddagrau. Trodd at Nero a Mr Poe, a oedd yn cael eu gwynt atynt ar ochr y lawnt. “Rhaid inni fynd ar eu holau!”

“Fe alwn ni’r heddlu,” meddai Mr Poe, gan dynnu anadl ddofn a sychu’i dalcen â’i hances boced. “Rwy’n siŵr y bydd ganddyn nhw hefyd system gyfrifiadurol flaengar. Fe ddalian nhw fe mewn chwinciad. Ble mae’r ffôn agosaf, Nero?”

“Chewch chi ddim defnyddio fy ffôn i, Poe!” meddai Nero. “Chi ddaeth â’r twyllwyr ’ma yma. A nawr maen nhw wedi gwneud i athro ymarfer corff gorau’r byd ddiflannu hefyd – a dau fyfyriwr arall! Rwy’n eu hel nhw o’ma deirgwaith drosodd!”

“Gwrandewch am funud, Nero,” meddai Poe. “Byddwch yn rhesymol, ddyn.”

Gorweddodd y Baudelairiaid ar y lawnt frown, yn rhwystredig ac wedi ymlâdd. Thalon nhw’r un iot o sylw i’r ddadl rhwng yr Is-brifathro Nero a Mr Poe. O bwyso a mesur y sefyllfa trwy lygaid profiad, roedden nhw’n gwybod yn iawn y byddai Iarll Olaf wedi hen ddianc erbyn i’r oedolion benderfynu beth i'w wneud.

Y tro hwn, nid achub ei groen ei hun yn unig a wnaeth Olaf – roedd e hefyd wedi cipio dau o'u ffrindiau, ac wylodd y Baudelairiaid yn chwerw wrth feddwl efallai na welen nhw mo'r Dwfngorsiaid byth eto. Doedden nhw ddim yn iawn i feddwl hynny, ond doedden nhw ddim i wybod hynny ar y pryd. Ar y pryd, roedd hyd yn oed meddwl am yr hyn a allai Iarll Olaf 'i wneud iddyn nhw'n ddigon i wneud i'r dagrau lifo yn gynt.

Wylodd Violet wrth feddwl mor garedig fu'r Dwfngorsiaid wrthi hi a'i brawd a'i chwaer pan gyrhaeddon nhw'r ysgol ofnadwy hon gyntaf. Wylodd Klaus wrth feddwl sut roedd y Dwfngorsiaid wedi bod yn barod i beryglu eu bywydau er mwyn helpu ei chwiorydd ac yntau i ddianc rhag crafangau Olaf. Ac wylodd Sunny o gofio'r holl ymchwil a wnaeth y Dwfngorsiaid a'r wybodaeth na chawson nhw mo'r amser i'w rhannu.

Cwtsiodd y Baudelairiaid yn dynn at ei gilydd, gan wylo ac wylo tra bod yr oedolion y tu cefn iddyn nhw'n dadlau a dadlau. Ymhen amser – ac erbyn hynny roedd Iarll Olaf wedi gorfodi'r Dwfngorsiaid i wisgo fel cŵn bach er mwyn eu cael ar awyren i'w hedfan i ffwrdd – doedd dim mwy o ddagrau ar ôl gan y plant a dyna lle y buon nhw ar y lawnt, yn eistedd mewn tawelwch blin. Fe edrychon nhw draw at yr adeiladau a oedd yn edrych fel cerrig beddau, a'r bwa carreg gyda'r geiriau "YSGOL BRESWYL PRWFFROG" arno mewn llythrennau anferth a'r arwyddair "Memento Mori" oddi tanynt. Fe edrychon nhw ar yr union fan lle bu'r car hir, du'n sefyll cyn i Olaf wibio ymaith gyda'r Dwfngorsiaid ynddo. Ac yna, fe edrychon nhw ar ei gilydd. Roedd y tri'n cofio, fel y cofiwch chithau, rwy'n siŵr, fel y gall egni annisgwyl ddod o rywle i'n cynnal ni ar adegau anodd a blinedig. Teimlodd Violet, Klaus a Sunny'r egni hwnnw'n treiddio trwy eu cyrff.

"Beth waeddodd Duncan arnat ti o'r car?" holodd Violet. "Rhywbeth am y llyfr nodiadau?"

Ailadroddodd Klaus y tair llythyren a glywodd e gan Duncan. "Ond wn i ddim beth yw ystyr hynny," cyfaddefodd.

"Jeciws," meddai Sunny, a oedd yn golygu "Rhaid

inni ddod i wybod."

Edrychodd y ddau Faudelaire hynaf ar eu chwaer fach a nodio'u pennau. Roedd Sunny yn llygad ei lle. Y llythrennau hynny oedd y gyfrinach i wybod y pethau erchyll roedd y Dwfngorsiaid wedi'u darganfod am Iarll Olaf. Efallai y byddai'r wybodaeth yn eu helpu i achub eu ffrindiau. Efallai y gallai helpu i ddod ag Iarll Olaf o flaen ei well o'r diwedd. Ac efallai y gallai rywsut egluro pam fod cymaint o ddigwyddiadau anffodus wedi dod i ddrysu eu bywydau mewn modd mor ddirgel a marwol.

Chwythodd awel oer y bore drwy gampws Ysgol Breswyl Prwffrog, gan siffrwd drwy borfa frown y lawnt a chwibanu'i ffordd o gwmpas y bwa cerrig gyda'r arwyddair "Memento Mori" wedi'i ysgrifennu arno – "Cofiwch y byddwch farw". Wrth syllu ar y geiriau, tyngodd yr amddifaid Baudelaire lw y bydden nhw, cyn diwedd eu hoes, yn datrys y dirgelwch tywyll a chymhleth hwn a oedd wedi taflu'r fath gysgod gofidus dros eu bywydau.

Derbyniodd LEMONY SNICKET ei addysg gynnar mewn ysgolion bonedd a chan diwtoriaid preifat a *vice versa*. Clodforwyd ef am fod yn sgolor disglair; bu tan gwmwl am fod yn dwyllwr disglair a chafodd ei gamgymryd am ddyn llawer talach ar sawl achlysur. Ar hyn o bryd, mae sgiliau ymchwil Mr Snicket wedi eu cysegru i ffawd yr amddifaid Baudelaire, a gyhoeddir yn gyfresol gan Wasg y Dref Wen.

Ganed BRETT HELQUIST yn Ganado, Arizona, a chafodd ei fagu yn Orem, Utah. Efrog Newydd yw ei gartref erbyn hyn. Ers iddo raddio mewn celfyddyd gain o Brifysgol Brigham Young, bu'n darlunio llyfrau. Ymddangosodd ei waith mewn cylchgronau fel *Cricket* a'r *New York Times*.